愛が重すぎる幼なじみ御曹司は、
虐げられていた契約妻を十年越しの執着で離さない

m　a　r　m　a　l　a　d　e　b　u　n　k　o

marmalade bunko
マーマレード文庫

目次

愛が重すぎる幼なじみ御曹司は、虐げられていた契約妻を十年越しの執着で離さない

愛が重すぎる幼なじみ御曹司は、
虐げられていた契約妻を十年越しの執着で離さない

プロローグ

私、本田未奈美《ほんだみなみ》は物心がついた時から、ずっと両親のためだけに生きてきた。

幼い頃から新聞配達や内職を強要され、お給料が出ればすべて両親に取られる。それらはすべて私の将来のための貯金などではなく、両親が遊ぶために使われていた。

両親は、ギャンブルとお酒が異常に好きだった。ギャンブルで負けて泥酔しては二人して家中の物を壊し、喧嘩《けんか》をして、その八つ当たりを私にする。

何度近所の人が通報してくれただろう。そのたびに私は施設に保護された。

施設にいた時は、同じ歳や年下の子の面倒を見ることもあり、毎日が楽しかった。一番のびのびとした時間を過ごしていたと思う。だけど、時が経てばまた家に戻される。借金の取りたてからのがれるため、家族三人で夜逃げを何度も経験したけれど、ほとぼりが冷めればまたこの家に戻ってくる。ここには最悪な思い出しかない。そしてこの借家は古いだけでなく、隙間風がひどい。ろくに服を買ってもらえない私には特に、冬は地獄のような場所だ。

壁が薄いため、隣の家の生活音は筒抜け。一昔前を感じさせる砂壁の木造の家にいると、まるで私だけが時代に取り残されているみたいな感覚になった。

ああ、あの家に帰らなくちゃいけないんだ……。そう考えるともう、その瞬間から地獄だった。一生、この施設にいたい。何度そう思ったことだろう。

小学校も中学校もろくに行かせてはもらえず、いつも同じ服を着ていた。お風呂にも『湯や水がもったいない』と言って入らせてもらえなかったため、濡《ぬ》れタオルで身体を拭《ふ》くくらいしかできなかった。

そんなだから、私は学校では男子のからかいの的だった。背が低く顔のパーツも小粒なため、ネズミというあだ名をつけられたこともあった。同級生の女子が近寄ってくることもなく、一人で孤独な時間を過ごしていた。

『いつか借金を返済したら、絶対に家を出て幸せに暮らしてやる』

自分がお金を返しさえすれば、家から出られるんだ……幼い私はそう考え、確固たる目標ができたと思い込んでいた。

そのためには、どうしても勉強だけは続けなければと思った。だから私は役所や施設などの協力を得て定時制の高校に通い、授業が終わった昼過ぎから工場で働きはじめた。

でも、その頃には両親がギャンブルとお酒で作った借金が膨れ上がっており、返済だけで給料がなくなってしまうくらいの額になっていた。

父親は一応働いてはいたが、そんな状態になっても母親はいっこうに働こうとせず、いつも遊び惚《ほう》けていた。私は借金返済のために夜の居酒屋のバイトを増やし、それでなんとか生活を成立させていた。

今にして思えば、あんな環境で高校に通えたのは奇跡だと思う。そして卒業後も、私は続けて工場と居酒屋で雇ってもらった。

真面目で一生懸命に働いていたおかげで、工場や居酒屋の社員さんたちはみんな私を可愛がってくれた。やり甲斐もあった。仕事場は、私が自分らしくいられる唯一の場所だと思えた。

けれど、そんなささやかな居場所にも両親はずかずかと踏み入ってきた。工場や居酒屋に現れ『娘の給料を前借りさせろ』と無茶な要求をしてきたのだ。お願いだからやめてほしいと懇願しても、両親は私の言うことなど聞いてはくれない。それを何度も繰り返していると、次第に可愛がってくれていた社員さんたちは離れていった。

そして……とうとう私は工場と居酒屋を同時に解雇されてしまった。

これからどうしよう……。

(借金もあるし、生活ができない。早く次の仕事を探さなければ……！)

ショックと絶望と焦り、いろんな感情が身体の中で渦巻いている。だけど、私に立ち止まっている時間なんてない、そう思った。そもそも両親が作った借金なのだから、私が焦る必要なんてないのに。けれど、あまりに不幸なことばかりが連続する人生で思考が麻痺《まひ》していた私は、自分がどうにかして、なんとか生活を成り立たせようと決意した。

しかし……そこに追い打ちをかけるように、私の心がポッキリと折れる出来事が起こった。

工場と居酒屋を解雇された翌日、新たな督促状が三通まとめて届いたのだ。

（こんな金融会社、知らない……）

父親も母親も、また新しい借金を作っていたなんて。

「借金はちゃんと返しているはずなのに、どうして督促状が届くの⁉　また、新しい借金を作ったの⁉」

朝からお酒を飲んでいる二人に向かって、私は涙目で訴えた。両親はそんな私を見ても、ふてぶてしい態度をとっており、タバコをふかす。

「さあ、そんなのいつ作ったっけ？　忘れたわ」

ハハハと笑いながら、タバコの煙を吐き出す母親。父親も缶ビールを一気に飲み終えると、私のほうを見てニヤニヤとしていた。

「お前が返済するのを忘れていただけじゃないか？　ちゃんと返しておいてくれよ。滞納したらまた膨れ上がっちまう」

「そんな……もう返せるお金なんてないよ……。今でも精いっぱいだし、仕事も解雇されちゃったのに」

私がそう言うと、父親が苦虫を噛《か》み潰したような顔をして舌打ちする。

「チッ。仕事をクビになるなんて、本当にお前は使えないな」

誰のせいで解雇されたと思っているのだろう。

（両親が給料を前借りしたいなんて催促するから、辞めさせられたのに！）

怒りで全身が震える。だけどずっと両親に虐げられてきた私には、これ以上強く出るという思考自体が、そもそもなかった。

下を見て俯《うつむ》き、下唇を噛んで感情を呑《の》み込む。その時、母親が「あっ、そうだ」と愉快そうに口を開いた。

「それなら、あんたが仕事を増やせばいいじゃない。若い身体があるんだから、それを使ってもっと稼げる仕事に就きなよ。そうすれば、今みたいに朝から晩まで働かなくてもいい。あんたも楽になって、さらに稼げるよ」

「ああ、たしかに。身体はガリガリだが、顔はまあイケるだろ。いい案じゃねえか」

母親は換気扇の下でタバコの煙をふかし、父親はニヤッといやらしい笑みを浮かべている。

この人たちは、いったい何を言っているのだろう。

映画に出てくる借金取りのようなことを言う母親が、悪魔に見えた瞬間だった。

いや、今までも悪魔に見えたことは何度もあった。だけど、機嫌がいい時の母親の笑顔を思い浮かべたら、そんな気持ちは自然と消えてしまうのだ。私が頑張ってお金を稼いだら、笑いかけてくれると本気で思っていたから、無茶苦茶なことを言われても我慢ができた。

誰が見てもネグレクトな環境で育った私は、施設と家を何度も往復する生活をしたけれど、それでも家族として両親に認めてもらおうとずっと頑張ってきた。

だけど、今、目の前で悪魔のように笑っている女は、もう家族だなんて思えないくらい、ひどい顔をしている。

まさか、自分の遊ぶお金が足りなくなったから、私の身体を売れなんて……。

「それだけは絶対に嫌！」

「はあ⁉　誰に向かって反抗的な態度をとっているんだ。ここまで育ててやったのに、親不孝な娘だな！」

座っているダイニングテーブルをバンッ！と叩《たた》いて大きな音をたて、父親が私を威嚇してくる。

父親も母親と同じで、遊ぶお金欲しさに私を働かせ、そのすべてを奪っている。

ただ救いなのは、平日の昼間は仕事に行って、家にいないことだ。でも休みの日は母親と一緒になり、私のお金でお酒、ギャンブル、タバコ三昧《ざんまい》の一日を送っている。

すでに借金は膨れ上がっている一方だというのに、まだ遊ぶつもりだなんて。目の前のテーブルには、名前も見たことのない金融会社から届いた督促状が散らばっている。

いったい、今、借金の額はいくらなのだろう。知るのが怖い。きっと把握できないくらい膨れ上がっているのだろう。だから私を、身体を売るお店で働かせようとしているのだ。

「聞いてるのか、おい！　親の言うとおりにしろ！」

「いたっ！」

ショックのあまり呆然《ぼうぜん》として俯いていたら、前に座っていた父親が立ち上がり、私のほうに向かってきて髪を思いきり掴《つか》み、顔を上げさせた。

こんなことは慣れている。

(でも、身体を売る仕事に就くことだけは、絶対にしたくない!)

どうして私が両親の遊ぶお金のために、そんな場所で働かなければいけないのか。ずっと両親の言いなりだったけれど、自分の身体を守るくらいのプライドは、私にだってある。

だから、初めて反抗的な目を両親に向けた。

「なんだぁ、その目は」

父親は、私の目を見てさらに激昂《げきこう》すると、さらに髪を強く引っ張った。痛い……本当にやめてほしい。

だけど、ここで頷《うなず》いたら今度こそ本当に自分の人生が終わってしまう気がした。

(だから、絶対に頷かない!)

そう心に誓い、歯を食いしばった。

「ちょっと! 痣《あざ》が残るようなことだけはしないでよ。傷でもついたら、採用されにくくなるじゃん。それより、稼げる身体かどうか私が見てやるよ。服を脱ぎな」

私を〝商品〟としか思っていない母親の口ぶりに、私は呆然とした。

「えっ……」

「いいから早く！　ちょっとあんた、この子を立たせて」

「やめてっ！」

抵抗するけれど父親の力には敵わなくて、強引に立たされる。母親の手が伸びてきて、着ているセーターをめくり上げようとする。

「痣や傷痕があったら、売り物になりにくいからね。私がチェックしてやるよ」

「いやっ！　やめて！」

どうして……私がこんな目にあうの!?　私は何も悪いことなんてしていないのに。

「お願い、やめて！」

「風俗で働くって言ったら、やめてあげるよ」

「それだけは絶対に嫌！」

「この親不孝者！」

ダメだ、このままでは両親の思いどおりになってしまう。けれど、どうしたらこの二人から逃げられるのかわからない。

（誰か助けて……！）

そんなことを願っても、助けてくれる人なんていない。そんな夢みたいな展開が私に訪れるはずがない。今までだって、ずっとそうだった。小さい頃から何百回、何千回もそう願ったけれど、こんな場面で助けなど一度も来なかった。でも……。

（今回ばかりは、本当にどうにかして逃げなければ……！）

そう強く願った時だった。

ピンポーン……と一度、インターホンが鳴った。

誰か来た！　もう誰でもいい、なんでもいいからこの場から逃げだしたい。でも、両親の手は私を羽交い締めにしており、動きを制することをやめない。

もう一度、インターホンが鳴った。それから何度もピンポーン！　ピンポーン！と連打される。

「ああ！　もう。うるさい！　ちょっと文句言ってくるから、あんたその子を捕まえといてよ！」

続けざまに鳴らされるインターホンの音に怒った母親が、ドスドスと強い足音をたてて玄関に向かっていく。

（よかった！　誰でもいい、大声を出して助けを呼ぼう）

大声を出すために息を吸う。そして母親が玄関を開けると、私より先になぜか母親の大声が聞こえてきた。

「ちょっとあんた、何！」

足早にこちらの部屋に向かってくる足音は、母親のものとは違う。私は大声を上げるタイミングを失い、ただ「えっ、えっ」と戸惑いの声を出してしまう。

「なんだ、お前」

足音の主は私と父親がいる部屋に入ってきた。そしてこちらを見て盛大なため息をつき、ガッカリした顔をしていた。

「ああ、やっぱり……。こんなことになっていたか」

そう言ったかと思うと、私を羽交い締めにしていた父親の腕を掴み、ギリギリと捻り上げた。

「痛い痛い痛い！　離せよ馬鹿野郎！」

悲鳴を上げた父親を冷たい目で見下ろす男性に向かって、母親が金切り声を出した。

「ちょっと！　いきなり人の家に入ってきてなんなの！」

「おい。お前、知り合いか？」

「知らないよ。こんな人！」

「じゃあ、未奈美。お前の知り合いか？」

知らない、こんな人……。一目で上質だとわかるスーツを着た、いかにもお金持ちそうな男性。清潔感のある肌をしており、何より驚くほど整った顔をしている。

（こんなに綺麗《きれい》な男の人、見たことない……）

優しい顔立ちをしているのに、目は力強く、熱い瞳をしている。それがとても印象に残った。

突然現れた訪問者に私たち家族全員が驚愕《きょうがく》していると、男性は私を見つめ、ふっと柔らかく微笑んだ。

こんな状況なのにその優しくて、だけど力強い瞳に心臓がどきんと跳ねてしまった。

「迎えにきたよ、未奈美」

「えっ……。どうして私の名前を……」

少し潤んだような瞳を揺らした後、彼が口を開く。

「俺の妻になってくれ。不自由はさせない。絶対に幸せにする。結婚しよう」

第一章

「俺の妻になってくれ。不自由はさせない。絶対に幸せにする。結婚しよう」

私を見つめる瞳は、先ほどの揺れるような不確かなものではなく、高揚感に浸っているような……でも真っ直ぐ誠意のあるものだった。

「あ、あなた……誰……？」

驚きのあまり、質問で返してしまう。

（だって、いきなり知らない人にプロポーズをされたのだから。気が動転してしまい、ちゃんと答えられるわけがない……！）

第一、私がこんな、いかにもセレブな人と知り合いのはずがない。昼に働いていた工場や夜にバイトしていた居酒屋に、こんな従業員はいなかった。居酒屋にお客さんとして来ていたのかな？とも考えたけれど、これほど目立つ容姿の男性がいたら、さすがに覚えているだろう。

「どこの誰か知らないが、いきなり許可なしに人の家に上がり込むなんて不法侵入で訴えるぞ」

「それ、いいじゃないの！　羽振りもよさそうだし、本当に訴えてやったら」

両親の下衆《げす》なやり取りを聞き、心がざわつく。こんなことをすぐに思いつくなんて、信じられない。つまりは、実の娘の身体で稼ぐなんて、この人たちにとってはなんでもないことなのだと思い知らされた。

下唇を噛み、涙を堪える。ここで泣いてしまったら、精神的にも負けそうな気がした。だから、絶対に涙は流したくなかった。

「……訴えても構いませんが、それならこの紙は無効にしてもよろしいでしょうか」

謎《なぞ》の男性は、ジャケットの内ポケットから白い封筒を取り出し、中身をダイニングテーブルに置く。

そこには五百万円と書いてある小切手が用意されていた。

「なっ……！」

「五百万⁉」

同時に声を上げたのは私の両親だ。私はいきなり出された高額の小切手と、それをテーブルに置いた男性の姿を交互に見て、目を丸くすることしかできない。

（何、この人……。突然、五百万なんて大金をどうして用意できるの？　それになぜ両親にこれを渡すの？）

何が目的なのかわからない。

「この額でいいですか？　これで借金を返せますよね」

「えっ、ど、どうしてそれを……」

彼の言葉に、思わず声が出た。この人、うちの借金のことを知っている……！

「キミのことなら、なんでも知ってるよ。未奈美」

美しく微笑む顔を見て、背筋がぞわっとした。えっ、何、私のことならなんでも知ってるって……。

（本当に、この人っていったい何者なの⁉）

「なんだ、未奈美。お前の男か？　いつの間にこんないい男と繋《つな》がってたんだ。もっと早く紹介してくれたらよかったのに」

父親は急ににこやかになり、テーブルに置かれた小切手を嬉々《きき》とした表情で取りにいく。

けれど父親が小切手を手にするより先に、彼がそれをひらりとつまみ上げた。

「この小切手は差し上げます。ですが、条件があります」

「はあ？　条件？　俺たちに条件を出すとは何様だ、お前」

怒りと苛立《いらだ》ちを隠せない父親を見て、恥ずかしさと情けなさが込み上げてくる。お金が絡むと、本当に下品な人たちだ。

そんな父親を見ても彼は表情一つ変えず、その前に小切手をちらつかせた。

「この小切手の代わりに、未奈美さんを僕にください。それが条件です」

「えっ！」

（私の代わりに五百万を両親に渡す!?　本当に意味がわからない。なんなのこの人）

正体不明の男性の行動には、不気味さと不信感しかない。全身に鳥肌が立つ。

それなのに、両親は祭りが来たように一気にはしゃぎはじめた。

「なんだ、そんなことか！　娘の代わりに五百万が手に入るなら、いくらでもくれてやる。なあ、いいだろ、母さん」

「当たり前じゃん！　でも、もう少し上乗せしてもらうことできない？　この子をここまで育ててやったのは、私たちだしさ。まだまだこれから親孝行してもらいたかった若い娘をあげるんだから、もうちょっとくれてもいいんじゃない？」

今度は両親たちに、吐き気にも似た苦い感情が湧《わ》いてきた。なんて図々しい。

親らしいことなんて何もしていないし、ちゃんと育ててもらった記憶なんてないのに、よくもそんなことが言えるなと思った。

けれど男性はその言葉を信じたのか、口角を上げてさらにもう一枚、ジャケットの内ポケットの封筒から小切手を取り出す。

「わかりました。では未奈美を育ててくれた感謝の気持ちも含めまして、倍の一千万でどうでしょう」

そう言ってまた五百万円と書かれた小切手を差し出すと、「まあ、初めからこちらも出すつもりでしたが」という言葉を口にして、薄く笑みを浮かべた。

「最高！ いいね、あんた！ 未奈美もいい男掴まえたねえ！ さすが、私たちの娘！ 最高の孝行娘だよ！」

満面の笑みで、小躍りでもしだす勢いの両親。私はそれを呆然と見つめていた。

（えっ、待って。今……私、売られたってことだよね。一千万で、この男性に買われたってことだよね）

せっかく身体を売らずにすむと思ったのに。まったく知らない人ではあるし、怪しいことだらけだけど、助けてもらえるのかと思ったのに。

（結局、私はそうなる運命だったの……？）

男性と両親とのやり取りに打ちひしがれた私は、目の前が一気に真っ暗になった。

でも、それは気持ちだけの問題ではない。実際に視界が暗くなった私は、全身の力が抜けて倒れそうになる。ああ、このまま床に叩きつけられる。そう思った瞬間、私は男性に強く抱きしめられていた。

「やった……。やっと、この手に触れることができた。未奈美、もう絶対に離さないよ」

「はっ……。えっ……？」

「ずっとキミのことが忘れられなかった。探偵事務所を使って捜したかいがあった。本当に、間に合ってよかった……！」

探偵事務所⁉　聞き慣れない物騒な単語にゾッとした。この人は、探偵を使って私を捜しだしたというのか。

（もしかして、ストーカーとかそんな感じのヤバい人？　私、そんな人に目をつけられていたの？）

私を抱きしめる手は、少し震えている。それが緊張なのか、興奮なのかはわからない。現状、この男性には怪しいところしかない。けれどその手の震えからは、男性の不器用な人間臭さがひしひしと感じられた。

そのおかげか、膨れ上がる一方だった私の恐怖心は少し落ち着いてきていた。冷静になって目の前を見ると、小切手を握りしめて狂喜乱舞している両親がいる。

なんておぞましい光景だろう。

実の娘を売って手にした大金で、大喜びしている実の両親。

こんな人たちのために頑張る理由なんて、もうとっくになかったんだ。

冷めた目で両親を見ている私に、彼の顔がいつの間にか至近距離まで近づいていた。

そして、私にしか聞こえない声で耳元に囁《ささや》く。

「もうこんな場所にいなくていい。あの二人のために苦労をしなくていい。俺が必ず幸せにする。だから、俺と一緒に行こう」

その優しい声色に、つい頷いてしまいそうになる。

でも、本当にいいの？と戸惑っている自分もいる。

だって、突然大金を持って現れた、見ず知らずの怪しい男性なんて。誰が見ても、絶対についていかないほうがいいに決まっている。

今、実家から逃げだせたとしても、その先にはもっとひどい人生が用意されているのかもしれない。

だけど……私を見る彼の目は、とても慈悲深い。まるで愛おしいものを見るように、熱い瞳を向けてくれている。

何より、この人なら、信頼できるかもしれないと思わせる、不思議な力をもっていた。

（でも、本当にそれでいいの？　私、ここから逃げだしてもいいのかな）

「私は……」

「行こう」

力強く、ぎゅっと彼に手を握りしめられる。

その瞬間、心の底から湧き上がってきた素直な気持ちがそのまま言葉となって、私の口から出ていた。

「……はい！」

そうして、私は彼と一緒に実家を逃げだした。家の玄関を出るまで、大金を手にしてはしゃいでいる両親の声が聞こえていた。

（ああ、実の娘がどこに連れていかれるのかわからないのに。お金さえあれば、あとはどうでもいいんだな）

ただ、ふと昔のことを思い出す。小さい頃、一度だけピクニックに連れていってもらったことがあった。単なる気まぐれだったのかもしれないけれど、それを思い出したらほんの少しだけ、後ろ髪を引かれる気がした。でも……私は決心した。

この家には、二度と帰ってこない。

だからって、自分がこれからどうなるかはわからない。ただ、家のドアを開けて外に出た時、私には〝今の状況より、きっとよくなるはずだ〟という確信があった。

なぜだかわからないけれど、彼に手を掴まれて歩いていると、不思議とそう強く思えたのだ。


着の身着のまま、スマホと財布だけを持ち、私は家を出た。

一月半ば。真冬の外は呼吸をするたび、白い息が出る。今、荒い息をしているのは、感じたことのない緊張と高揚のせいだろうか。

私を連れだしてくれた彼は近くのコインパーキングに車を止めており、精算するとすぐに私を助手席に乗せてくれた。

私でも知っている、高級なスポーツカーだ。この車種といえば赤いイメージだけれど、彼が乗っている車は光沢のあるブラックで、とても気品がある。

（こんな車に乗れる日が来るなんて）

助手席でモゾモゾと居心地悪そうにしていると、彼はふっと笑いながら私のシートベルトを締めてくれた。

お礼を言いたくて声をかけようとしたけれど、ふと肝心なことに気づく。

「あの、今さらだけど……あなたの名前は？」

「……俺は……」

彼は少しだけ言い淀《よど》んだ後、自己紹介をしてくれた。

「俺の名前は、佐伯豊《さえきゆたか》。歳はキミと同じ二十六歳」

「佐伯……さん……」

「〝さん〟づけなんてしなくていいよ、同い歳だし。それより……やっぱり、名前を聞いても思い出せない？」

やはり彼は私を知っているようだ。しかも、口ぶりからして昔から知っている感じで……。

（どこだろう、私、いつどこでこの男性と知り合ったのだろう）

こんな容姿の人なら、一度会ったら忘れることもないだろうに、いっこうに思い出せない。もしも以前お世話になった人なら、私、とんでもなく失礼なことをしているのかもしれない。

焦りばかりが募り、冷や汗も出てくる。佐伯さんが運転する車は、お腹に響くようなエンジン音を鳴らして、大通りへと走りだした。

けれど、私に窓に流れる景色を見る余裕はない。いくら考えても、私の中には彼に関する記憶はなかった。

「本当にごめんなさい……。どうしても、あなたのことを思い出せないの。私は昔、あなたと会っているの？」

　助けてもらってこんなことを言うのは失礼だと思ったけれど、もう自分の中だけで考えるのは限界だった。

　そう言った私の言葉に彼は少しだけ悲しい表情を見せたけれど、それはほんの一瞬のことだった。こんなに失礼なことを聞いているのに嫌な顔一つせず、私の言葉を受け入れてくれる。

「ああ、ごめん。責めるつもりはないんだ。仕方ないよ。そう、俺とキミは昔、会っている。まあ、キミはあまり学校には来ていなかったけれど」

「学校⁉」

　まさかの学校という言葉に、車内に響き渡る声を出して驚いた。働きだしてからではなく、そんなに記憶をさかのぼることになるなんて。高校はなるべく休まないように通っていたから、きっと小中学生の時に出会ったのだろう。

　たしかにあの頃の私は、平日も施設にいることが多かった。だから小学校や中学校の記憶はあまりない。どうりで、彼に見覚えがないはずだ。

「俺は強烈に覚えている。未奈美のこと。昔、欠席がちだったキミが登校してきた時は本当に興奮したし、喜んだよ。まあキミが欠席すると一日やる気が出なくて、大変だったけど」

「えっと……学校ってことは、もしかして同級生……？」

「そうだ。館川《たてかわ》小学校、六年二組の佐伯豊。記憶にないかな」

「館川小学校はもちろん覚えてる。六年二組ならクラスも一緒……ってことはクラスメイト……？」

「うん、そうだよ」

佐伯豊……。そんなクラスメイトがいただろうか。ダメだ、どうしても思い出せない。だって、あの頃からすでに私は生きることに必死で、クラスメイトや担任に興味がなく、交流をもとうとはしなかったからだ。

「……ごめんなさい。私、小学校も中学校もほとんど行ってないの。だから、クラスメイトの顔も名前も全然記憶になくて」

「そっか、そうだよな。うん、いいよ、覚えていなくても。俺のことは、これからたくさん知ってくれたらいいから」

「あの、それって……」

「本当にすまないと思ってる。こんなことになるまで、未奈美を迎えにこられなかったこと。それに、俺を覚えていないのも、キミの境遇を考えたら当たり前のことだよ。周りの人間に興味をもつ余裕なんてなかっただろうから」

彼の理解ある言葉に、頭が下がる思いだ。大金を使って助けてくれて、しかも昔の私も今の私も受け入れてくれている。

でも、やっぱり気になることがある。

「あの……どうしてここまでしてくれるの？」

前を走る車のテールランプに照らされている彼の横顔を見つめる。すると、彼は運転しながら少し困った顔をした。

「まあ、ちょっとね」

はぐらかすようにそう答えられてしまった。さらに探りたい気持ちはあるけれど、まずはここまでしてもらっているにもかかわらず、彼をまったく覚えていないことに対して謝罪の言葉を伝えるのが先だ。

私はシートベルトをぎゅっと握りしめながら、そのまま彼に向かって頭を下げた。

「……ごめんなさい。どうして私を助けてくれたのかはわからないけれど、ここまでしてくれたあなたを少しも覚えていないことは、本当に申し訳ないと思ってる。ごめんなさい」

「謝らないで。キミは悪くない。これからはもう、悪いことをしていないなら謝る必要なんてないんだ。頑張らなくていい。自分の幸せのことだけを考えて。そのために俺は迎えにきたのだから」

「佐伯さん……」

どうしてこの人はこんなに優しい言葉をかけてくれるのだろう。しかも、探偵事務所まで使って私のことを調べて、迎えにきたと言っていた。

ゆっくりと彼の話を聞きたいと思った。だって、不思議なことだらけなんだもの。

じっと見つめると、佐伯さんは噴き出して笑いはじめる。

「だから〝さん〟づけはしないでって」

「あっ、じゃ、じゃあ佐伯……君」

「うーん〝君〟づけか。まあ、それも小学校時代に戻ったみたいでいいかな。でも、そのうち名前呼びになってくれよ、未奈美」

名前呼び……。いきなりハードルが高いかも。そんな関係に私たちはなれるのだろうか。だって、小学校時代のクラスメイトだということ以外、私たちの関係はよくわからないままだ。これからどうなるのかなんて、見当もつかない。だけど彼、佐伯君はそれを望んでいるみたいだ。

「頑張り……ます」

「ハハッ。あっ、あと敬語もやめてね。はい、今から〝さん〟づけも敬語も禁止。わかった?」

「は、はい……あっ、うん!」

「うん、可愛い」

にこっと満面の笑みを浮かべ、佐伯君は嬉《うれ》しそうにする。そんな大型犬のような彼を見て、私は少し肩の力が抜けた気がした。

とにかく。今ありがたいのは、あの家から逃げられたことだ。両親からの呪縛《じゅばく》を解かれ、お金に悩む毎日から抜けだせたことが、何よりも嬉しかった。

こんな解放感を味わったのは、生まれて初めてかもしれない。物心ついた時から、ずっと苦しかった。息ができなかった。生きていてもなんの楽しみも感じなかった。

あの両親が待っている家に帰らなくてもいい。今、私は長年の呪いから初めて解き放たれたのだ。

絶望のどん底にいた私を解放してくれたのは、佐伯君だ。

そうして、彼が住んでいるという立派な高層マンションに到着した。

「今まで不幸だったぶん、俺が幸せにしたい。だから、この家では自由に生きて。その中で、俺のことを知ってほしい」

目の前にそびえ立つマンションをふと見上げる。三十階建てくらいだろうか。あまりの予期せぬ展開に、頭の整理が追いつかない。

「いきなり自由に生きていいなんて言われても……。私、どうしていいのかわからないよ」

今まで両親に虐げられて生きてきた。そんな私がいざ、自由に生きろと言われても何からはじめたらいいのかわからず、パニックになってしまいそう。強く望んでいたこととはいえ、実際に直面した今、どうしたらいいのかわからないというのが本音だ。

あの地獄のような実家から助けられ、わけもわからないまま車で連れてこられた。

そしてあれよあれよという間に、彼が住んでいるという部屋の前までやってきた。

ドアを開けた佐伯君は、玄関先で棒立ちになっている私に、手を差し伸べてくれる。

そしてにっこりとひまわりのような明るい笑顔を私に向けた。

「それなら、俺の妻となって生きてほしい。絶対に幸せにするよ」

「つ、妻⁉　それはちょっと……！」

たしかに、プロポーズの言葉はさっき実家でも伝えられた。あの時はその場から逃げるために彼の言葉を受け入れたけれど、よく考えたらとんでもないことを言われていることに今さらながら気がつく。

いきなり妻になって生きてほしいなんて、ここですぐに「はい、わかりました」と簡単に言える話じゃない。

広い玄関で靴を脱ぐと、長い廊下がある。私は佐伯君に手を引かれるまま奥に進み、嘘みたいに広いリビングダイニングに通された。

「わ、私は佐伯君のことをよく知らないし、今日知ったばかりのようなものだから……だって私、佐伯君の名前と年齢しか知らないんだよ？　佐伯君も、私のことをよく知らないでしょ。そんな二人が結婚なんて、できるわけないよ」

「俺は、未奈美のことならなんでも知ってるよ。でも、たしかに俺のことを知ってもらう必要はあるな……」

そう言って少し思案顔になった彼は、いいことを思いついたとばかりに表情を明るくして、続けてこう言った。

「じゃあ、しばらくの間はお互いを知るために同居人として一緒に暮らそう。何もしないでこの家にいるのが苦痛と言うのなら、ご飯を作ったり、掃除や洗濯をしてくれたりしたら嬉しいな。俺、平日は仕事ばかりで家のことはまったくやらないから」

佐伯君が恥ずかしそうな顔をしながら、そう言った。ということは、私は住み込みの家政婦としてこの家に置いてもらうということだ。

幸い、昔から両親が何もやらないから、家事はすべて私の担当だった。だから苦手ということはない。むしろ、料理や裁縫などは得意なほうだ。

「そういうことなら……」

「よし、決まり！　未奈美の手料理が食べられるなんて嬉しいな。朝起きたら、未奈美がキッチンに立ってコーヒーを用意してくれたりして……その光景を想像しただけで、胸がいっぱいだよ！」

「い、いや、そんなこと……」

私が家政婦の提案を受け入れると、彼は沈んでいた感情が一気に爆発したみたいに、大きな声を出して喜びを表現する。

しかも、具体的なシチュエーションまで言葉にして、目をキラキラと輝かせて。そんな妄想をしてもらうほど、いい家政婦にはなれないかもしれないけれど……どうやら佐伯君にとっては、夢みたいな出来事のようだ。

「未奈美、やっとキミに自由な時間ができたんだ。せっかくだから、この生活を楽しもう！　そのために俺がいるのだから！」

張りきった声で私の両手をしっかりと握り、まるで少年のように生き生きとした表情で真っ直ぐに見つめてくる佐伯君。

（私、このまばゆい笑顔に応えられるほどのことができるのかな。いやいや、彼は私の人生を救ってくれた恩人。家政婦として、しっかりお勤めをして報いなければ）

ただ、少し引っかかるのは、佐伯君が私を妻にしたがっていることだ。

今までの彼の言動を思い出して、ふと一つの答えにたどり着いた。

おそらく彼が私に抱いているのは、愛情ではなく同情だ。同情を愛情と勘違いしているのだろう。

いつかきっと、愛情だと思っていたものが同情であったと、彼は気づくに違いない。その時、優しい彼はどうする？　困惑しながらも、きっと妻である私を大事にしてくれる。……でも、それでいいのだろうか？

（いや、よくなんてない。私はあくまでも偽りの妻なんだから。実際はただの家政婦と同じようなもの。彼の優しさに甘えちゃダメだよね）

今の状況はありがたく受け入れるけれど、いつかきっと、終わりがくる。だから偽りの妻だという線引きは、しっかりとしておかなければ。そう心に誓った。

「あの、期待してもらえるのは嬉しいけれど、ガッカリさせてしまうことになったらごめんなさい」

「とんでもない。未奈美がここにいるだけで充分だ。これからは自分の家だと思って、ゆっくりくつろいでくれ」

（こんな高級マンションにいきなり連れてこられてくつろげと言われても、それは無理なんだけど……）

私なんかが座ってもいいのかと思うような、白くて柔らかい革製の大きなソファを見つめ、考える。

結果、私は喉まで出かけた否定的な言葉を呑み込んで、笑顔を見せた。今はとりあえず、佐伯君の厚意を素直に受け入れよう、そう思ったから。

「……可愛いなあ、未奈美は」

とろんとした目で私を見つめ、独り言を呟《つぶや》く佐伯君の顔は、うっとりという言葉が似合いすぎていた。

私は「ははは……」と乾いた笑いをするだけで精いっぱい。これからどんな生活を送ることになるのだろう。

一抹の不安を感じながらも、身体の力は抜け、ホッと安堵《あんど》している自分がいた。

第二章

　初恋の人、本田未奈美と出会ったのは小学校六年生になった頃だった。その印象は〝よく欠席している子〟というもので、あまり記憶に残らないタイプだ。小一から同じ学校に通っていたのに、クラスメイトになるまで存在すら知らなかった。

　彼女はたまに誰かに話しかけられてもたいした反応もなく、明るさもなくて、笑ったところも見たことがなかった。そして、クラスメイトの噂話《うわさ》で『あそこの親は毒親だから、あいつは虐待されている。施設に入っている』と聞いたことがあった。

　口では『へえ、かわいそう』と言いながらも、どこか他人事だった。

　俺の父親は、業界でも有名な、最大手の企業の社長だ。だから家は裕福で、やりたいことはなんでもさせてもらえている。厳しいけれど優しい両親がいて、頭のいい兄も一人いる。そんな家庭で育った俺には、自分とは関係のないどこか違う世界の出来事だと思えたから。

　ただ、他人事でも本田未奈美をどこか気にしていたのは、同級生たちより児童養護施設というものを身近に感じる環境にいたからかもしれない。

俺の両親は慈善事業にとても熱心な人たちで、施設への寄付やボランティア活動などに励んでいた。

そのため俺は兄さんとともによく連れだされ、施設に行っていた。とはいえ、親には施設内に入ることを許されていなかった。正直、中に入れてくれないくせに、ここまで連れてくる意味なんてないんじゃ？と思いはしたけれど『どうしても一緒に』と言う親の熱意に反抗する気持ちは起きなかった。だから、置いてきぼりにされた車の中や外から、興味本位で施設の中の様子を覗《のぞ》いていた。

ただ、一緒に来ていた兄さんはまったく興味がないらしく「下の人間の生活や事情など知ってどうする。俺には無駄な時間だ」なんて言って本を読んでいた。そう言う銀ぶち眼鏡の奥で、鋭い瞳がキラリと光る。

プライドが高い、兄さんらしい感想だと思った。ただ、兄さんは家族にはとても思いやりがあって、優しい面もある。

「お前もわざわざ公立の小学校なんか行かないで、俺が通っている難関私立の小中高一貫校に来ればよかったのに」

公立に通っている俺を思い、そうやって聞いてくれるのもまた、兄さんの優しさだ。幼い子小学校に上がる際、私立と公立、どちらに通うか両親に選択を委ねられた。

どもに選ばせるようなことではないかもしれないが、うちの親は常々、本人の意見を尊重してくれていた。それで俺は公立の小学校を選んだ。慣れ親しんだ町にあるし、徒歩通学が可能だったからだ。

「そう？　公立も楽しいよ。いろんな友達ができて」

「レベルの低い人間と一緒に過ごすのは、俺には無駄な時間に思えるが」

兄さんはそう言うけれど、俺は友達と遊んでいる時間が大好きだ。彼らは自由で明るくて楽しいやつらばかりだ。だから、みんながそうなのだと思っていた。

だけど、こうして観察していると思う。そうじゃない子もいるのだと。もともと好奇心が強い俺は、いろいろな子と交流してみたいと心のどこかで興味があった。

（あそこにいる子たちも、俺とそんなに歳が変わらないんだよな……）

そう思うと、すごくもやもやして変な感じだ。自分がすごく恵まれているのがわかり、目を逸らしてしまいそうになる。

「んっ……？」

だけど一人、目を惹《ひ》く女の子がいた。車の窓を開け、身を乗りだして施設の中を見た。一緒にいた付き人兼運転手の立花《たちばな》が「危ないです！」と注意をしてきたけれど、そんなもの聞いてはいない。

「あれは……」

施設の庭で、小さな子どもたちを相手に遊んでいる、一人の女の子を見つけた。

あの姿は……知っている子だ。

「本田……未奈美？」

思わず名前を口に出すと、兄さんがチラリとこちらを見た。

「どうした？」

「な、なんでもない」

びっくりした。クラスメイトの話で本田未奈美は施設にいると聞いたことはあったけれど、まさか本当にいるなんて。

実際にこの目で見て、ものすごい衝撃を受けた。どこか他人事で勝手に同情して『かわいそう』なんて言葉で片づけていたけれど、本当にいるその姿を見て、言葉では言い表せないくらいのショックを受けた。

彼女は時々学校に来るけれど、いつも覇気のない顔をして、誰とも話さない暗い子だと思っていた。しかし、施設で小さな子どもたちと遊んでいる今は、のびのびとして身体全体を動かし、そして笑っている。

それもいい笑顔で。そこだけ満開の花が咲いたみたいに、とても可愛かった。

「かわ……いい……」

気づいたら声に出していた。咄嗟《とっさ》に口を手で覆い、俯いて顔を隠す。

顔が熱い。いや、顔だけじゃなくて全身が熱い。クラスメイトの女子に可愛いなんて感情をもったのは、生まれて初めてだ。

みんないい子で優しいけれど、こんな自然に女子を可愛いと思ったことはない。

「どうした？　気分でも悪くなったか？」

兄さんが本を閉じて、心配をしてくれる。俺は一言「大丈夫……」と返事をした。


それからだった。本田未奈美のことを意識しはじめたのは。

よく観察すると、彼女はいつも疲れた顔をしていた。身体はクラスメイトのどの女子よりもずっと細いし、髪はぼさぼさ。自分で切っているのか、毛先はガタガタだ。

服も首回りや袖口などが擦り切れ、色褪《いろあ》せていた。穴が空いたところを自分で補修したのだろうか。トレーナーの各所に小さい布が縫いつけてある。それが、彼女の家庭環境のすべてを表しているようだった。

それからも何度か施設に見学に行ったけれど、彼女は常にいるわけではなかった。

どうやら、保護された時だけ施設にいる……という形らしい。

らしいというのは、当時、俺は勉強不足で施設や児童保護について詳しいことを知らなかったからだ。本田未奈美がなぜ時々しか施設にいないのか。その理由を俺なりに調べていくと、なんとなく事情がわかってきた。

おそらく彼女は、近隣住民や学校などから児童虐待の通報があり、職員に保護された時だけ施設にいるのだろう。何度も通報されるということは、彼女がどれだけ凄《すさ》まじい環境で生活をしているのか……想像するだけで胸が苦しくなった。

施設や教室で本田未奈美を見つけるたび、気になる存在になっていくのが自分でもわかった。

顔をちゃんと見たい、声を聞きたい、どんな遊びが好きなのか知りたい。彼女の存在が、加速度的に俺の中で大きくなっていく。

そんな考えで頭の中がいっぱいになっていた時、チャンスが訪れた。

席替えをして、初めて本田未奈美が隣の席になったのだ。これは俺にとって最高に嬉しいことだった。

(何かいいきっかけはないかな……。明日、学校に来るかな。学校に来たらなんて声をかけよう。いや、まずは挨拶からのほうがいいかも)

そんなことを毎日考えていたが、彼女は欠席続きで登校してこない。

椅子と机だけの隣を見て、はあっとため息をつく毎日だ。だけど、もしかしたら明日は来るかもしれない。

今日も期待を込めて教室のドアを開けると、俺の席の隣に座っている女子がいた。

「来た……」

とうとう本田未奈美が来た！　隣の席になって彼女が登校してきたのは、夏休みを挟んで二学期になってからだった。ようやく喋《しゃべ》れると思った俺の心は、久しぶりに浮ついていた。

実を言うと俺は、夏休みに入った頃からクラスメイトとの関係がうまくいっていなかった。あんなに友達と遊ぶのが好きで、学校が好きだったのに。正直、落ち込んでいた俺の気持ちがこんなに盛り上がったのは、彼女のおかげだ。

ワクワクしながら席に着いた。チラッと横を見ると、やはり彼女は生気のない顔をしている。

持ち物をあらためてしっかり見ると、ランドセルについている巾着《きんちゃく》はボロボロだけど、可愛いフリルがつけてあったり、色褪せている服はリメイクされていたりして、素直に可愛いと思った。

「……それ、可愛いね」

そう言って、フリルがついた巾着を指さす。初めて喋りかけた声は小さくて震えていた。そんな自分が情けなかったけれど彼女には届いたみたいで、こっちを見てくれる。

「……ありがとう」

やっと耳にした彼女の声は、か細くて消えそうだった。でも、高い声で可愛い。

もっと聞きたいと思った俺は、会話が途切れないように必死に言葉を探して勢い込んで話しかけてしまった。

「誰が作ったの？　知り合いの人？　すごく上手だね」

「……私」

そう言った彼女は、とても気恥ずかしそうに自分を指でさしていた。俺はその時の高揚した気持ちを今でもハッキリと覚えている。

ずっと心臓はドキドキしていた。

「えっ？　自分で？　すごいじゃん！　そういうの好きなの？」

「うち、貧乏だから……。新しいの買ってもらえないから、知り合いの大人に素材をもらって自分で縫うの」

知り合いの大人っていうのはきっと、施設の職員とかそういうのだろうな。本当ならクラスの女子みたいに、可愛い流行りのキャラクターやデザインのものが欲しかったりするのかもしれない。

だけど、自分でリメイクをして使っていると聞いた俺はもう、かわいそうだとかいう気持ちなどすっかり吹き飛んでしまい、尊敬の眼差しで彼女を見た。

「本当に上手だね。俺、家庭科の成績が絶望的にダメだからうらやましい」

「こんなの、やっていくうちに上手になるよ」

彼女はそう言うと、立ち上がり教室を出ていく。俺の視線は彼女をずっと追いかけていた。そして、行きたくもないのにトイレに行くため立ち上がる。

当時、友人関係がうまくいっていなかった俺は休み時間を一人で過ごしていた。それは〝親友〟という都合のいい言葉を使って、俺の金目当てに群がってくるクラスメイトから逃げた結果だった。

寂しくないと言えば嘘になるけれど、そのおかげで俺は彼女の行動をよく観察することができた。休み時間、本田未奈美は図書室に行くことが多いらしい。

一人で休憩時間を過ごしていた俺は、彼女や周囲に気づかれないようにこっそり後をついていった。冷静に考えれば、こんな自分の行動は正直、とても気持ち悪いと思う。ただのストーカーだ。

でも気になって仕方なくて、気づいたらいつも彼女を追いかけていた。

そんなある日、俺は、今日こそはもっと話すぞ！と意気込んでいた。このまま黙ってついてまわっているだけでは、ただのヤバいやつだからだ。

そんな自分は嫌だし、彼女に気づかれた場合、気まずくなってしまう。それどころか、不気味だといって避けられるかもしれない。まだ名前も呼ばれたことがないのに、嫌われたくない。

だから勇気を振り絞って、図書室の隅の席で文庫本を読んでいる彼女のもとに恐る恐る向かった。

「いつも何を読んでいるの？」

文庫に夢中になっている彼女のつむじに話しかける。すると、俺のほうをチラッと見た本田未奈美は、すぐ文庫本に視線を戻してしまった。

「いろいろ……」

「いろいろ？」

「うん、いろいろ。ここは無料でたくさんの本が読めるから」

だからこれ以上話しかけるな。そういう意味だろうか。

（真剣に本を読んでいる時に話しかけたのはまずかったか……）

後悔をした俺がその場から去ろうとすると、本田未奈美は俺を一瞥《いちべつ》して本を閉じて立ち上がった。

「……あなた、友達は？」

友達と言われて思い浮かべるのは、金だけをむしり取っていくクラスの男子四人の顔だ。

嫌な気持ちが込み上げてきて、そんな顔を見られたくなくて下を向いてしまう。

「友達？　いないよ、あいつら友達なんかじゃない。俺の金にしか興味のない最低なやつらだから」

不貞腐《ふてくさ》れたように言い放つと、彼女はため息を一つつく。

（しまった!!　やってしまった。今、ものすごく感じの悪いやつに思われたんじゃないだろうか？）

一気に後悔と焦りに襲われ、冷や汗が出た。彼女は俺に背を向けると、視線だけこちらに向けた。

「あなたの家は、お金持ちなのね」

「あっああ……。うん、まあ」

それだけ言うと、そのまま窓際の席に行き、そこに座ってしまった。

……最悪だ。

彼女から直接『うち、貧乏だから』と聞かされていたのに。お金の話なんて、安易にするべきではなかった。

(せっかく声をかけられたのに……会話ができたのに!)

しかも、これではただの自慢話をしにきた、嫌味なやつだ。

一気に怯《ひる》んでしまった俺は、これ以上彼女に声をかけることができなかった。

あんな空気になって距離を取られたら、話を続けるなんて、できるはずがない。

(次はもっといい話ができるようにしよう)

今ので嫌われてしまったかもしれないけれど、マイナスからのスタートならちょっとでも好印象を残せば、きっといいやつに昇格できるはず。

いや、その前に。そもそも本田未奈美は、俺の名前を知っているのか。まだ、一度も名前を呼ばれたことがないことに気づく。

「まずは、名前と顔を覚えてもらうところからか……」

小学校を卒業するまでに、少しでも仲良くなりたい。学校生活が苦痛になってしまっていた俺に、新しい目標ができた瞬間だった。

俺の学校生活は冬が近づくにつれ、さらに最悪なものになっていた。

特に放課後は苦痛だった。下校時間になると、いつもあいつらが群がってくるからだ。

「なあ、豊。今日もゲーセンに寄って帰ろうぜ」

「俺、自販機のジュースが飲みたい」

「それより、ハンバーガーのほうが食いたいって。腹減った」

「いいだろ、豊。俺たち親友だもんな」

「……ああ」

学校内で楽しい遊びをする時はいない存在として扱うのに、学校が終わった途端、人のいない校舎裏や廊下などに俺を呼びだし、どこかに遊びにいこうと誘ってくる。

五年生までは公園で泥だらけになるまで遊んだり、時々駄菓子を買ってみんなで食べたりして、そんなことが、とても刺激があって本当に楽しかった。みんなと遊ぶ時間は、習い事ばかりだった俺のストレス発散の場所だった。

だから、小学生にしては多めのお小遣いをもらっている俺は、ついついみんなの飲食代や遊ぶ金のほとんどを出してしまっていた。

それがいけないことだとわかったのは、六年生の夏休みに入ってからだ。

ずっと遊ぶ金を出し続けた結果、支払いは俺がするということが当たり前になってしまったのだ。

毎日のように遊びの誘いがくるのは嬉しかった。でも、それはすべて金がかかる場所ばかりだ。

俺を誘う時、やつらは「お前の家は金持ちだもんな。金持ちなんだから、親友の俺たちの分も払ってくれるよな」と言ってきた。

その言いように違和感を覚えた俺は習い事があると言って、極力やつらとは遊ばないようにしていた。

夏休みの間ずっとそうしていると、遊びの誘いは次第になくなっていった。ホッとしたのも束の間、二学期になるとあいつらは学校内で俺を空気のように扱いだした。

そして授業が終わるとこうして群がってきて、金を出させるために遊びに誘ってくるのだ。

俺と遊ぶのが楽しかったはずのあいつらが、金目的で集まるようになってしまったと思うとどうしようもなく悔しいし、悲しい。

「はあ……」

もう一学期のように一緒に遊びにいく気には到底なれなかった。

大きなため息をついて嫌悪感を出すけれど、こいつらはいなくならない。

本当のことを言うと、俺は怯《おび》えていた。あいつらをどうしようもないやつらだと思いながらも、恐れているのだ。

それならば……。

俺はその状況を抜けだしたくて、自分を守りたくて、最もやってはいけない方法に頼ってしまった。

金で解決しようとしたのだ。

金さえ渡しておけば、こいつらは無駄にまとわりついてくることはないし、俺に嫌な態度をとることもない。繰り返し続けられる最悪の状況に陥っているはずなのに、当時の俺にはそれが唯一の解決策だと思えた。

「これで遊びにいってこいよ」

財布から取り出したのは五千円札だ。一分一秒でも一緒にいたくない俺は、金を渡してそいつらを追い払おうとした。

「やったあ！　さすが豊！」

「やっぱり、金持ちは優しいなー！　本当、お前が親友でよかったよ！」

ああ、うざい。耳障りな声など聞きたくない。早く金を受け取って、この場から去ってくれ。そう思った瞬間、女の子の大きな声が聞こえた。顔を上げると、校舎の角に一人の女子が立っているのが見えた。

「先生！　こっちです！　あの子たちが暴力を振るって、その人からお金を取ろうとしてます！」

本田未奈美だった。俺は目を見開いて驚いた。か細い身体からは想像もできないほど、大きな声を出していたからだ。

彼女の大声を聞いたのは、この時が初めてだ。その声に周りにいた子たちが気づき、何事かとこちらに視線が集まった。するとあいつらは焦った顔をし、金も取らずに逃げていってしまった。周囲は少しざわついた雰囲気になっていたが、こちらに寄ってくる人はなく、やがてまた視線はバラバラと散っていった。

「あ、ありがとう」

こんなところを見られた恥ずかしさで、全身が熱い。けれど助けてもらったお礼は言わなくてはと思い、必死に声を出した。

すると、彼女はいつもの俯いた姿勢になり、口を開く。

「……別に。お金に汚い人が嫌いなだけ」

下を向いているからどんな顔をしているのかはわからないけれど、声はハッキリと聞こえた。それは彼女にしては低く、怒っているようなものだった。

いつもか細い声で、発言などほとんどしないのに。人助けのために声を上げられる彼女のことを、俺は心からの尊敬の眼差しで見つめていた。

「キミは強いんだね、すごいよ」

「すごくなんかない。それに、今日はちょっとイライラしてたから……」

そう言いながら腕を擦る彼女の右腕には、新しい痣ができていた。それは、昨日はなかったものだ。

誰の仕業なのか、すぐに見当がついた。そしてさっき言った『お金に汚い人』という発言も、誰をさしているのかまだ子どもの俺でも、なんとなくわかってしまった。

なんて言っていいのかわからない。「大丈夫？」とか「ひどいね」なんて簡単な言葉で伝えたくなかった。

どうしたら彼女のためになるのか必死に考えたけれど、幼い俺の頭では何もいい言葉が思い浮かばなくて、ただ黙ってしまった。

そんな沈黙の時間が少し経つと、また彼女が口を開いた。

「あなた……そうやってずっと怯えているから、いつまでもいじめられるのよ」

ガツンと頭を打たれたような衝撃が走った。

「ああ……そう、だね……」

認めたくはないけれど、本田未奈美の言うとおりだ。俺は、言い返したらやり返されるのが怖いから何も言えない、情けないやつなんだ。

笑われると思った。彼女の境遇に比べたら、こんなことさえ跳ね返せないのかと思われると感じたから。

けれど彼女は違った。笑わずに、俺を真っ直ぐ見てくれた。

「一度でも言い返してみたら？　そしたら、いじめもなくなるかも。もしかしたら、それがきっかけで仲良くなれる子ができるかもしれないし」

彼女の言葉には、まるで不思議な力が宿っているように思えた。きっと同じことを担任や親に言われても、俺には響かなかっただろう。

彼女に言われると不思議と説得力があって、抵抗なく受け入れられた。

「うん……頑張ってみる。勇気を出してみるよ」

だから、素直にそう返事をした。すると、彼女はハッとした顔をして俺から完全に視線を逸らして俯いてしまった。

「……気にしないで。いつも、私が自分に言い聞かせていることだから」

「えっ」

「なんでもない、それじゃあ」

「あっ、待って！」

その場から去ろうとする彼女を必死で引き留めた。何かお礼をしないと……。何か、彼女にとって喜ぶようなものをあげたい。

何か、何かないか……。思わず、その時、自分の手に持っていたものを差し出した。

「これしかないけど、助けてくれたお礼……」

手に持っていたのは、さっきのやつらに渡そうとしていた五千円札だった。

それを見て、本田未奈美は嫌悪感を露《あら》わにした表情を見せた。軽蔑《けいべつ》ともとれるような顔だった。俺は瞬時に、失敗した！と後悔した。

「これ……あなたのお金じゃなくて、あなたのご両親が働いて稼いだお金でしょ。そんなもので、お礼なんてしてほしくない」

「あっ……」

図書室での失言に続いて、俺はまた、彼女にしてはいけないことをしてしまったのだ。すぐにそう気づいたけれど、一度出た言葉はもう、なかったことにはできない。

俺は喉が詰まったようになり、次の言葉が出てこなかった。

「すぐに、誰かにあげるとかそんな無駄遣いしないで、もっとご両親に感謝しながら使ったほうがいいよ。じゃあ」

表情は怒っているけれど、声はそんな感じではなく、諭すように言われた。それで、自分は本当に恥ずかしいことをしてしまったのだと痛感した。

その日は眠れないくらい、今までのことを反省した。親の金をすぐに差し出す、やつらにとって都合のいい存在である自分。そんな自分を嫌悪しながらも、それでいいとどこかで思っていたことにも。

(明日からはどんな目にあってもお金は渡さず、ちゃんと抵抗しよう。これ以上間違ったことをしないように、戦うんだ)

そう思えたのは、本田未奈美のおかげだ。彼女はなんの見返りも求めず、こんな俺を助けてくれた。

偶然あそこを通っただけで、行きがかり上、仕方なくしたことだったとしても。これ以上、彼女の前で情けない姿を見せたくはない。

(そんな姿勢を見せていったら、いつか俺に興味をもってくれたりするかな……)

少し淡い期待を抱き、そんなことを考えてしまったりもした。

そうして、次の日から別人のように変わった俺は、名ばかりの〝親友〟たちにせびられても一切、金を渡さなくなった。

俺が「これは親が必死に働いて稼いでくれた金だから、お前たちには渡さない」と言うと、激昂してきたやつもいたけれど、何をどうしても金を出さないとわかると、だんだんと絡まれることが少なくなった。

そして、やつらに金をせびられることがなくなった頃には、俺にも心優しい友達が何人かできていた。

そのクラスメイトたちは、ずっと俺と仲良くしたかったのだと言っていた。けれど周りにいるやつらが怖くて、声がかけられなかったらしい。新しい友達は俺に金を要求することはなく、同じ立場でずっと一緒に遊んでくれた。

やっと学校で自分らしくいられる場所を作れた。そうなったのも、本田未奈美のおかげだ。

いつかお礼を言いたかった。一緒に遊ぼうと話しかけたかった。

けれど、それをすることは叶《かな》わなかった。本田未奈美はあの出来事以来、学校に来なかったからだ。

担任に聞いても「家の事情でお休み」と言うだけで、何も詳しいことは教えてもらえなかった。

もしかしたら、親にひどい目にあわされているのかもしれない。痛い思いや、つらい思いをしているかもしれない。

どうにかして助けたい。今度は、俺が彼女を助けたい。

けれど、子どもの俺にはどうすることもできない。もっと、俺が大人だったら。社会的な力があったら、すぐに助けられるのに。

（今のままでは絶対に彼女を救うことはできない。もっと頭がよくならなければ……社会を知らなければ……！）

とにかくたくさんのことを学び、いつでも彼女を助けられるような力のある大人になることが大切だと思った。

そのために、まずは兄さんが言っていたとおりレベルの高い、中高一貫の進学校に進んだ。親の会社に入り、ゆくゆくは兄さんとともにその中枢を担う。その未来に必要なことは何か。そんなことを、もっと現実的に考えるようになったのだ。

その間も様々なバイトをして社会を学び、大学では経営学を身につけた。そして卒業をしてからは父の会社で働きながら子会社を任され、夢だったテーマパーク事業の開発を手がけるまでになった。

もちろん本田未奈美を忘れたことは一瞬たりともなかった。学生のうちからバイトで貯めた金で探偵事務所を雇い、現在彼女がどのような状況に置かれているのか、常に把握できるようにしていた。

早く地獄のような場所から連れだしたい、そう思っていた。しかしある時を境に、急に彼女の居場所がわからなくなった。夜逃げをしているのか、身を隠しているみたいで、突然両親とともに姿を消したのだ。社会人となった俺は、彼女をあの家から救えるくらいの金額を準備することができたのだが、助けたくてもそれが叶わない。

「早く……一刻でも早く助けたい」

そう強く思い、探偵事務所をもう一つ増やそうかと思っていたそんな時だった。

ずっと彼女を追っていた探偵事務所の人間から居場所がわかったと報告があった。回り回って結局、前と同じ家賃の安い借家に戻ってきたという。そして本田未奈美の両親は新たに借金を作り、その返済が滞っていると聞かされた。

これ以上の借金返済は、彼女一人では到底無理だろう。実の娘を奴隷のように扱っている両親のことだ。金がなくなったとなれば実の娘でも簡単に売りに出すに違いない。

「ここが潮時だな」

もしそんなことになってしまったら、俺が耐えられない。今でも怒りで爆発しそうなのに、彼女が他の男に触れられるなんてことを考えたら、気が変になりそうだ。

彼女が常に前を向いて生きていたことは、探偵事務所から報告を受けていた。誰にも助けを求めず、今まで頑張ってきたのだ。

（もう一人で頑張らなくていい。俺がすべてを受け入れて、彼女を助けてみせる）

ただ一つ。彼女にはまだ秘密にしておきたいことがある。もしいきなり「小学生の頃からずっと好きだった」なんて言ったら、きっと気持ち悪いと思われてしまうだろう。

だから俺はただ〝今、あなたが好きなのだ〟ということだけを伝えよう。

（この長く続く恋心を打ち明けるのは、無事に彼女を救出して、時間をかけて信頼関係を築いて……それからだ）

小学生の時、金を渡そうとした俺に『これ……あなたのお金じゃなくて、あなたのご両親が働いて稼いだお金でしょ』と言った、彼女の言葉を思い出す。今回、差し出すのは親の金ではない。俺が一生懸命に稼いだものだ。

「今度こそ、彼女の力になりたい」

そう胸に強く誓い、小切手を手にして本田未奈美の家に急いで車を走らせた。

第三章

　彼が私をあの家から連れだしてくれて、一か月が経った。

（それにしても……あの時は本当にびっくりしたな。まさか、突然現れた知らない人からプロポーズをされるなんて）

「たしかに『誰か助けて……！』とは願ったけれど、いきなり『結婚しよう』なんてプロポーズの言葉を伝えられた時は、この人絶対におかしな人だと思ったもの」

　ふふっと笑いながら、海外製のオーダーメイドのテーブルに置かれた食器を丁寧に磨いて片づける。

　これは仕事に行く彼を見送った後の、毎朝のルーティンだ。私は平凡な料理しか作れないけれど、彼はいつも美味しいと言って完食してくれる。

　両親のもとから私を助けてくれた佐伯君は、業界でも有名なユナイテッドイクミナという企業で働いている。そこでは現在、新しいテーマパークを建設中で、彼はその事業の最高責任者だ。

　会社自体は彼の祖父が立ち上げたもので、今は佐伯君のお父さんとお兄さんが経営をしている。業界トップで、かなりの大手だ。

あと、これは以前テレビで観たのだけれど、六本木《ろっぽんぎ》に地下三階、地上五十階建ての自社ビルを所有している。低層階はショッピングモールや飲食などのテナント、中層階は様々な会社のオフィス、そして四十階から上が専用のフロアとなっているらしい。

また、彼の実家はたいそうな資産家で、地元では佐伯の名を知らない人はいないというくらい有名なようだ。彼はまさに〝御曹司〟という立場の人だと言える。

(そんな人たちが身内にいる彼が、どうして私にプロポーズを……?)

かつてのクラスメイトだからって、ここまでしてくれるのは不思議で仕方がない。

ただ、彼の言動に裏があるとは到底、思えない。彼は純粋な好意を私に向けてくれている。それは、彼の態度や会話で日々、感じ取れる。

私はずっと、こう考えていた。両親に虐待されていたこんな私を、誰が必要としてくれるだろうか。実の親にさえ必要とされないのに、と。でも……小学六年生の、しかもほんの数か月を一緒に過ごしただけの人間がこんなふうに私を覚えていて、手を差し伸べてくれるなんて。あの時は想像もしなかった。

今、私は自分からクラスメイトたちに対して関わりをもたなかったことを、とても後悔している。

とはいえ、それはいくら考えても仕方のないこと。過去は変えることができないのだから。

それにしても。彼の言うこと、やることに私はずっと驚かされっぱなしだ。突然の実家への来訪に、まさかのプロポーズ。そういえば、あの家から連れだしてくれた次の日も、私はいろいろなことに目を丸くしてばかりだったな。

＊　＊　＊

彼との生活がはじまった翌日の朝、私はふかふかのベッドの上で目が覚めた。

こんなにいい布団で寝たのは、生まれて初めてだ。実家では年中せんべい布団と言われるような、薄い布団でしか寝たことがなかったから。

「身体が痛くない……」

起き上がって身体が痛くないことも初めてだ。いいお布団で寝ると、身体って痛くならないんだな。なんだかそれだけで気分も軽くなった気がする。

カーテンを開けて日光を部屋に取り入れると、室内の様子がハッキリとわかる。今でも信じられない、自分がこんなドラマに出てくるような素敵な部屋で一晩を過ごしたなんて。

彼が客室だと言って案内してくれた部屋は、壁紙や床が温かみのあるアイボリーカラーで統一されていた。そこにセンスのいいインテリアが揃《そろ》えられている、とてもおしゃれな空間だ。

昨日は夜も遅かったことから、夕飯はデリバリーを頼んだ。そして先にお風呂に入らせてもらい、彼のパジャマを借りた。

佐伯君のパジャマを着た私を見て、彼は目を潤ませながら高揚した顔をしていた。やっぱり、彼はどこか変わっている人だ。

一つだけ、少し拍子抜けだったことがある。私のことを妻にしたいだなんて言うくらいだから、男女の関係というか……そういった何かをされるのかもしれないと身構えていたのだけれど、そういったことが一切なかったのだ。

昨晩の佐伯君の態度は、実にあっさりとしたものだった。

「今日は疲れただろ。何も考えずにゆっくり休んで」

眠る前にそう言われ、私はその言葉に甘えることにした。

そして今日。昨晩は彼の言葉に甘えてすっかり休ませてもらったが、私は今、この家の家政婦という立場だ。

「いつまでも寝ているわけにはいかないな。朝ご飯でも作ろう」

ベッドメイクをしてスリッパをはき、部屋を出る。この家の間取りは2LDKで、リビングとキッチン、それに彼の寝室に私が使わせてもらった客室がある。一人で2LDKに住んでいるなんて贅沢《ぜいたく》だなと感じたけれど、それ以上にすごいのはマンションにコンシェルジュがいることだ。

この部屋は、居室としては一番上の階に当たる三十階に位置している。そしてマンションの最上階にはジムやスパにエステ、それにラウンジがあり、一階にはマンション住居者専用のクリーニングやネイルサロンに美容室まであるらしい。

「お金持ちって本当にすごいな。違う世界に来たみたい」

ドア一つとっても、普通のものとは全然違う。実家のドアはボロボロで、開閉するたびにギイギイと音がしていたのに、この部屋のドアは当然、音もしないしさわり心地もいい。ドアノブなど、手に吸いつくようにしっくりくる。

(こんなことで感動するなんて、佐伯君から見たら私も大概変わってるんだろうな)

スリッパの音を鳴らしながらキッチンに向かうと、そこにはすでに佐伯君が起きており、コーヒーを用意していた。濃いグレーのパジャマにセットしていない髪。そんな隙だらけの姿の彼は、昨日見た雰囲気とは全然違う。

優しげな表情をして私を見た佐伯君は、ふわっと柔らかく微笑んだ。

「おはよう。よく眠れた？」

「おはよう。うん、ありがとう、こんなにぐっすり眠れたのは初めてかも」

なんだか気恥ずかしくて手持ち無沙汰《ぶさた》な私が手を擦り合わせながらそう言うと、佐伯君が満足げに笑う。

「そっか、よかった。コーヒーでも飲む？」

「うん、嬉しい。あっ朝ご飯の用意をするね」

それぐらいはしないと！と意気込んでキッチンにやってきたけれど、佐伯君の手が私の肩を掴み、進むのを止められてしまう。ぎょっとして顔を見上げると、彼はずっと微笑んだまま私を見下ろしていた。

「いいよ、デリバリーを頼もう」

「でも……」

「いいから。座って待ってて」

そう言われ、ぐるっと身体を回転させられる。そうしてそのままダイニングテーブルのあるほうに背中を押され、椅子に腰かけさせられてしまった。

一瞬の出来事で、私は拒否をする暇などなかった。呆気《あっけ》にとられて彼を見つめると、首を傾けてまだ嬉しそうに口角を上げている。

「ああ、そうだ。今日は何もしなくていいからね」

「えっ?」

「ゆっくりショッピングでもしておいで。何も持たずにきたから、いろいろと必要だろう? それを買ってきたらいい。買い物が終わったら、このマンションに入っている美容室やネイルサロンにエステ、好きなところに行ってきて」

「でも……」

たしかに、私がこの家に持ってきたのはスマホと、あとは健康保険証とわずかなお金が入った財布だけだ。

ほとんどのお金を両親に渡していたため、私の今の所持金は二千円くらい。いつか自分のために使おうと両親に内緒でコツコツと貯めた三十万は銀行に預金してあるけれど、できればそれは使いたくない。だって、いつここを出なければいけなくなるか、わからないから……。

(手持ちのお金で下着くらいは買えるかな)

そんな不安が顔に出ていたのか、佐伯君は私の頭を大きな手で一度撫《な》でるとスマホを取り出して少しだけ誰かと通話をした。

「お金の心配ならしないで。今、ずっとうちで付き人や運転手なんかをしてくれている立花と連絡が取れたから。未奈美の買い物に付き合ってくれるって」

話は通したから、支払いはすべてその人にしてもらうようにと言われた。驚愕した私は思いっきり両手を左右に振り、首まで大振りしてしまった。

「支払いをしてもらうなんて、そんな！　佐伯君のお金でしょ？　使えないよ！」

「いいんだ。そもそも俺が無理やりここに連れてきたようなものなんだから。そのお詫《わ》びだと思って、聞いてほしい。本当は俺が一緒に行きたいんだけど、今日は昼から出社しなければいけない用事があって」

開いた口が塞《ふさ》がらない。この人、本気でそんなことを言っているのだろうか。彼が現れてから何度も同じことを思ったけれど……。

「ああ、それと。これからのことを考えると、未奈美用のカードも作っておかないとね。そうしたら、必要なものはそれを使ってなんでも買ってくれて構わないから」

佐伯君は簡単に『未奈美用のカードも作っておかないと』『なんでも買ってくれて構わない』と言う。その申し出は、小切手が出てきた時と同じくらいの衝撃だ。

「でも、家に住まわせてもらっている居候の私は、そんなことをしていいような身分じゃないし……」

「俺からすれば、未奈美は奥さん前提の大切な人なんだ。そんなキミに満足してもらえる生活を保証するのが、今の俺ができることだと思ってる。それに、これまでできなかったことをたくさんしてほしい」

「えっ」

「今まで我慢してきたこと、いっぱいあるだろう？　しばらくは自分のことだけを考えて、安心して生活してくれ」

「佐伯君……」

まだ戸惑いを隠せない私の手を取ると、彼はしっかりと握りしめた。

彼の手は大きくて温かい。彼の言葉どおり、安心できる温かさだ。こんな私のために、どうして彼はここまでしてくれるのだろう。自分のことだけを考えて生活をしていいなんて言われたのは初めてで、戸惑いのほうが大きい。

けれど、気持ちは妙に浮き立っている。ワクワクと申し訳なさと安堵感で、胸の中はかなり複雑だ。

「まあ、そこにちょっとだけでも俺の婚約者だっていう意識をもって生活をしてくれたら、なお嬉しいかな。いってらっしゃいのキスとかハグとか……想像するだけでもいいよね」

「い、いきなりハードル高くない⁉」

「ハハッ！　でも、そうやって言っておかないと、俺のこと意識してくれなそうだから。もちろん、無理強いはしない。でも、気が向いたらいろいろしてみてよ。それでもろもろ試した結果、俺のことを好きになってくれたら、その時にもう一度結婚を申し込むから」

思わず一歩後ろに下がるくらい、突然のスキンシップの要求に目を丸くしてしまう。けれど自分が佐伯君にしてもらったことを考えたら、それくらい全然簡単なことなのかもしれない……とも思う。

本当に、彼には感謝してもしきれないもの。

「ありがとう……。こんな私なんかのために……ありがとう」

感謝の気持ちを込めて、彼の手をしっかりと握り返す。佐伯君はそれだけでも満足そうだ。だけど、これくらいでお礼になっているなんて思えない。

「でも、明日からは料理も洗濯も掃除も私がやるね。今、この家でできる私の役割はそれだと思うから」

「わかった。じゃあ明日からよろしくね、未来の奥さん」

「奥さ……」

一気に身体の熱が上昇する。寝起きとは思えない自分の体温に、汗まで出てきそうだ。

多分、赤くなっているであろう私の顔を見て、佐伯君はふっと嬉しそうに笑う。そして、あらためて両手で私の手を握ると、目を合わせてじっと見てきた。

「これだけは覚えていてほしい。キミは後ろめたく思っているのかもしれないけど、俺にとって未奈美は何ものにも代えがたい存在なんだ。それは絶対に忘れないで」

その言葉は、真剣そのものだった。わざわざ「本気で言っているの？」なんて聞かなくてもしっかりと伝わってくるくらい真っ直ぐだ。

（今は素直に彼の言葉を受け入れよう）

私は一度ゆっくりと頷き、佐伯君のすべての行動と言葉と心遣いに深く感謝した。

そして私が実家を飛びだして彼と生活をしはじめてから二か月が経ち、三月中旬になった。

彼と私の関係性は、この家に来た時のままだ。もちろん、男女の仲にもなってはいない。平日、彼は仕事に行き、私は家のことをする。この繰り返しだ。ただ、仲良くなってはきていると思う。そして何もかも緊張することだらけだったこの家に、私はすっかり慣れてきていた。

季節は春を迎えようとしている。私は彼との生活を満喫し、生まれてきて初めての充実感を味わっていた。

けれど、なぜか最近の佐伯君は不服そうだ。夕食後に淹《い》れたてのコーヒーを飲みながら、少し拗《す》ねた表情をして口を開いた。

「ねー未奈美。もっと俺に言いたいことはないの？」

「言いたいこと？」

その口調はまるで子どもみたい。私は食器洗浄機のスイッチを押した後、彼が座っているソファの向かいにある一人用のソファに座り、コーヒーを一口飲む。

そんな私に、前のめりになって彼は喋りだした。

「ほら、もっとこう……我儘《わがまま》だとか、どんどん言っていいんだよ。やってほしいこととか、連れていってほしいところとか、ないの？　未奈美、買い物は必要最低限で高級品は買わないし。全然、贅沢しようとしないじゃないか。ブランドもののバッグとかアクセサリーとか、化粧品とか買っていいし。美容室だけじゃなくて、エステやネイルサロンにだって行っていいんだよ」

たしかに、ここに来てから美容室は行かせてもらった。彼が私用にと作ってくれたクレジットカードも、ありがたく使わせてもらっている。けれどこれは、あくまでも彼が稼いだお金であって、自分で働いて得たお金ではない。

服はファストファッション、スキンケア商品はドラッグストアで入手できるリーズナブルなもの、それで大満足だ。

あとは趣味の読書の本や、手芸が好きだからその道具や材料をセール品で時々、買うくらい。

私にとっては新品を買えるということ自体がとても贅沢で、幸せなことなのだ。

実は一度『働きに出たい』と提案したことがあった。外で働いて、せめて自分が使うお金だけでも稼ごうと思ったのだ。けれど、佐伯君に『そんな必要ない！　今は自分の時間を楽しんで！　俺のためにここにいて！』と力説され、止められてしまった。

それならば。今は家政婦として頑張ろう、そう思った。だから贅沢をするなんて、もってのほかだ。こうして衣食住や身の安全を保証されて働き、いただくお給料としては、正直、充分だと思っている。

「ブランドものだとかエステだとか、そんなもったいないことしないよ。お金は大事に使わなくちゃ。それに、私は満足してるよ。本当に佐伯君には感謝してる」

「もう、そんなこと言って……。節約家だなあ。まあ、そこが未奈美のいいところだけど。でも、もっといろいろ言ってほしいな」

目をキラキラさせて、佐伯君はもっともっとと要求してくる。私は彼のこういうところに弱くて、ついそれを受け入れてしまう。

今だってそうだ。彼に負担がかかるとわかっていながら、お願いをされると言うことを聞いて、甘えてしまう。

私は上を向き、少し考えてから佐伯君に無理がかからないようなお願いを考えた。

「じゃあ……あえて言うのなら」

「何？」

さらに前のめりになった彼は、両手をテーブルに突いて嬉々《きき》とした顔をしている。

私もここは笑顔で答えなきゃと思い、目を細め佐伯君を見る。

すると、へらっと気の抜けた表情をする佐伯君。こんなに美しく整った容貌《ようぼう》の持ち主なのに……私は笑いを堪えるのに必死だ。

「夕飯の支度があるから、帰ってくる時間はなるべく教えてほしい……かな」

私のお願いを聞き、佐伯君は目を丸くした。そしてソファの背もたれに身体を預けると、両腕を組んで感慨深い表情になる。

「〝帰るね〟報告か……いいね……新婚夫婦って感じだ。それで？　他にももっとあるだろう？」

「あとは……。洗濯物はクリーニングに出すものと洗濯機で回すものは分けてほしいかな」

「そっか。俺の下着は未奈美が洗ってくれてるんだもんな。うん、いい奥さんだ……」

込み上げてくる何かを噛みしめるように、佐伯君は目を瞑《つむ》り天を仰いでいる。

私は様子のおかしくなった彼を見て、少し首を傾げる。まあ、時々彼は私が家事をしている姿を見てこんな顔をしているから、少しは慣れてきているけれど。

ただ、今はまだ話の途中だし、一応声はかけておこう。

「あの……佐伯……君？」

「俺は幸せ者だよ、本当」

天を仰いで戻ってこない佐伯君は、感嘆のため息までつきはじめた。彼の感動ポイントは、やっぱりまだよくわからない……。

そんな感じで、この日の休日は過ぎていった。なんて平和で穏やかな日々なのだろう。あんなに殺伐とした毎日を送っていたのが、遠い昔のことのようだ。

そんなことを思いながら、少しぬるくなってしまったコーヒーを口にした。

翌日、日曜日の朝。目が覚めた私が一番初めに感じたのは、鼻のむず痒《がゆ》さだった。今日は花粉の飛散量が多いせいか、なんだか鼻がむずむずする。

こんな時はアレルギー性鼻炎の薬でも飲んでおこうと思い、自室の部屋を出てキッチンに向かった。

薬箱から市販薬を取り出し、ついでにリビングのカーテンもすべて開ける。このリビングはリモコンのスイッチ一つでカーテンが自動で開くから、とにかく便利だ。洗濯もマンション内にクリーニングがあるし、食事もコンシェルジュに頼めばシェフを呼んでくれるからいつでも頼んでいいと言われているけれど、なるべく自身の役割を全うしたい私は、自分でやるようにしている。

私の料理が口に合わないようなら、食事だけは利用させてもらおうかとも考えたけれど、今のところ彼からは文句どころか、ありがたいことに感謝の言葉ばかりをもらっている。だから、料理や洗濯、もちろん掃除なども私の担当だ。

今日は日曜日で、今の時間は七時半。

(佐伯君はまだ眠っているだろうから、コーヒーを飲んで洗濯機でも回そうかな)

基本的に、彼は出されたものはなんでも受け入れるタイプだ。

ただ、コーヒーの豆にだけはこだわりがあるようで、決まった豆しか飲まないところがある。香りからして高級なそれを、彼は『自由に飲んでいいから』と言ってくれている。そんな言葉をありがたく受け入れ、コーヒーミルに豆を入れ、挽《ひ》いていく。

「なかなかこの作業が楽しいんだよね」

ゴリゴリと豆を挽く音が聞こえると、いい香りが漂ってくる……はずだった。

「……花粉のせいで、匂いがわかんない……」

軽くショックを受けながらも、挽いた豆をコーヒーメーカーに入れ、朝のコーヒーの準備をする。

このゆったりとした休日の朝の時間は、幸福という言葉以外ないだろう。

花粉のせいで匂いがわからないのが残念だけれど、コーヒーの香りが充満するキッチンにいられることに幸せを感じながら、マグカップを用意した。

そしてコーヒーを飲みながら、洗濯と乾燥が終わった洗濯物を取り出し、たたんでいく。そろそろ朝食の用意でもしようかなと思っていたら、佐伯君が起きてきた。

「おはよう、未奈美」

私がキッチンにいるのを確認して、寝不足気味の顔で挨拶をくれる。少し間の抜けた表情かもしれないけれど、目が優しい円を描いていて、彼の起き抜けの顔は結構好きだ。

「おはよう、佐伯君。コーヒー飲む？」

「うん、飲みたい。嬉しいな、起きたら未奈美が淹れるコーヒーが飲めるなんて」

「もう、それ毎日言うよね」

苦笑いを零《こぼ》しながらコーヒーを彼専用のマグカップに注ぐ。佐伯君は花粉症ではないみたいで、コーヒーの香りを嗅《か》ぎながら幸せそうな顔をしていた。

それをうらやましく思いながらも朝食の用意をしていく。今朝は前日に用意しておいた塩麹《こうじ》で漬け込んだ鮭《さけ》とだし巻き卵、なめこと豆腐のお味噌《みそ》汁に、作り置きのほうれん草の胡麻《ごま》和えとお新香だ。

普通の朝食だけれど、彼は毎日喜んで食べてくれる。

もうすっかり慣れたキッチンで鮭を焼いてお味噌汁を作り、だし巻きを焼いて小鉢にほうれん草の胡麻和えとお新香を添えれば朝食は完成だ。

それらをすべてテーブルに並べ、お茶を淹れて佐伯君の正面の椅子に座る。

向かい合わせになって手を合わせて「いただきます」と言うまでが、朝の流れだ。

これは平日だろうが休日だろうが、過ごし方は変わらない。

けれど今日の佐伯君は、お箸も取らずに私の顔を真っ直ぐに見てきた。

こんな彼は珍しい。だから私もお箸を取らず、手をテーブルの上にそっと置き、彼が何か言いだすのを待つことにした。

すると、佐伯君がかなり気恥ずかしそうな表情になって口を開く。

「未奈美、ご飯を食べる前にちょっといいかな」

「うん、何？」

やっぱり話があるみたい。私は背筋を伸ばして聞く体勢を取り、佐伯君の次の言葉を待った。

彼は唇を左右に少し動かしながら、どう言いだそうか悩んでいる感じ。十秒ほどの沈黙があった後、次に見た顔には緊張している様子はなく、いつもの穏やかな表情に戻っていた。

「近いうちに、両親に会ってほしいんだ」

「えっ、佐伯君のご両親……？」

ドクンと心臓が重く、大きな音をたてた。ここでご両親に会ってほしいなんて言葉が出てくるなんて、想像もしていなかったからだ。

たしかに、もしも彼のご両親が私の存在を知っているのなら……常識的に考えれば、息子と一緒に暮らしている女性のことを一度見ておきたいと思うのは、当たり前だろう。

（ただ、私は普通に彼とお付き合いをしている女性というわけじゃない）

借金の支払いの代わりにこの家に住まわせてもらい、彼の家政婦をしているという立場だ。

佐伯君は私にプロポーズをしてくれたけれど、ご両親からすれば付き合ったことがない女性をいきなり息子の嫁にするなんて、そんな突拍子もない話、受け入れられるはずがない。きっと、反対してくるだろう。

それに、私は一般庶民よりもずっと貧しい生活をしてきた。たまたま佐伯君とは同級生だったけれど、本来なら出会うことがなかった立場同士だ。施設にも行っていた私が、親が資産家で大手企業の御曹司である彼と一緒に暮らしているなんて、絶対にいい気はしないだろう。

そんな不安が、思いきり顔に出ていたのだろうか。佐伯君は私を安心させるように優しく微笑むと、テーブルの上に両腕を置き、指をクロスさせて組んで私を見つめる。

「心配しないで。両親は未奈美のこと、すべて知っているから」

「えっ、すべて知っている？」

もやもやと考えていたことが一気に吹っ飛んでしまった。どうして佐伯君のご両親が、私のことなんて知っているのだろう。彼が話したから？　それとも、一度でも会ったことがあるのか。幼い頃から私は自分のことで精いっぱいだったから、もし会っていたとしても覚えていないのかもしれない。

そんな私の不安を見透かしたのか、佐伯君はにこっと笑って口を開いた。

「昔から両親はキミがいた施設に通っていたからね。その中で、未奈美は特に印象に残っている女の子だったって言っていた」

「えっ、施設って……。施設で会ったことがあるの？」

「ああ、俺の両親はあらゆる施設に資金や物を寄付することに生きがいを感じていてね。寄付した先の施設の様子を実際に見にいったり、ボランティア活動なんかを積極的に行ったりする人たちなんだ」

彼のご両親はたびたび、施設で私が小さい子の面倒を見ている姿を見かけていたらしい。嬉しいことに『利発そうで、とても面倒見のいい女の子だ』と言ってくれていたそうだ。自分の息子が通っている小学校の児童だから特に気にかけていたのかと聞いたら、そうではないと佐伯君は言う。

自分の両親は個人情報をあれこれ聞いて回るようなことはしないから、偶然だと。

そして今回、施設で印象的だった女の子と、息子が助けだした私が同一人物だということがわかった。

「だから、キミを助けて一緒に暮らすことを話した時、反対はされなかったよ。キミがもう両親とは縁切りをしているということも伝えてある」

続けて「キミに了承を得ず、先に両親に話をしてしまって申し訳なかった」と言って、彼は頭を下げた。

「そう……」

まさか、私がこの家でなんの危機感ももたないままゆっくりと過ごしている間に、佐伯君はそんなことまでしてくれていたなんて。想像もしていなかった。

彼のご両親が私のことを知っていて、そして事情も理解したうえで私を迎えてくれる。なんて贅沢なことなのだろう。

本当なら、ふさわしくないといって激昂されても仕方ないのに。でも……。

「私なんかが会っていいわけないよ。その、ガッカリされたりとか、本心はもっとちゃんとした家の女性がよかったとか思われたりするんじゃないかな」

現状、彼とは同居人で私は家政婦という立場だ。

彼は妻になってほしいと言ってくれてはいるけれど、それは愛情ではなく、あくまでも同情からくるもの。とりあえず今は彼の恩に報いるためにこうして住み込みの家政婦として働いている、それだけだ。

だから〝彼が自分の本当の気持ちに気づいた時、この関係性を解消すればいい〟と思っていたのに。それが彼のご両親に紹介となると、彼が言っていた〝婚約〟だとか〝結婚〟といった言葉が、一気に現実的なものになってくる。正直、私は焦った。

けれど、佐伯君は思いきり首を左右に振る。

「ガッカリだなんてとんでもない。俺が初めて女性を両親に紹介するものだから、すごくはしゃいでいたよ。だから、気にしないで」

「そ、そうなの？」

（佐伯君ってばすごくモテそうなのに、ご両親に紹介する恋人、いなかったのかな）

私が目を丸くしていると、佐伯君は「ただ、俺には……」と言い少し苦い顔をした。

「三つ年上の兄がいるんだ。今度、両親と一緒に紹介するつもりなんだけど……」

「へえ、お兄さんかあ……佐伯君に似ているの？」

「どうだろうね。幼い頃から顔は似ていると言われていたけど、性格は全然違う。正反対かも」

苦笑いを零しながら、彼は頬を人差し指で掻《か》いていた。それは照れ臭いような、嬉しくないような、なんだか複雑そうな感じに見えた。

「そうなんだ。じゃあ、厳しくて常識的な人かな」

「どうして？」

「だって、佐伯君は優しくて変わってるから」

つい、本音を言ってしまった。そんな私の言葉を聞いて、今度は佐伯君が目を丸くしている。

「えっ、変わってる⁉ 優しいは嬉しいけど、変わってるは嬉しくないよ」

そしてちょっと拗ねた顔になった彼を見て、噴き出してしまう私。複雑そうな表情をしていた佐伯君にも笑顔が戻り、ホッと胸を撫でおろした。

「まあ、でも未奈美の言うことは当たってるよ。兄さんは昔から真面目な常識人だし、自分にも他人にも厳しい人だ。見ていて時々、しんどくならないのかなと思うけど、大人になった今は仕事ができるし、兄さんのサポートのおかげで父の会社はさらに大きくなった。そんなところは素直に尊敬してる。でも、親や俺とは価値観が違うところがあって……」

そこまで言うと、せっかく笑っていた顔に影がさす。それはさっきとは比べものにならないような暗い表情で、今にもため息が出そうに見えた。

そんな彼を見た私が不安そうな顔をしていたからだろうか、佐伯君はまたこちらに目を向けると、安心させるようにこりと微笑み、手を握ってくれた。

「いや、顔合わせの前に不安にさせてしまってはよくないね。ただ、もし少しでも嫌なことがあったり、されたりしたらすぐに言ってくれ。頼む」

「佐伯君……」

「約束だ、未奈美」

「うん、ありがとう」

彼の力強い言葉と手の温かさに、強張っていたはずの顔も自然と笑顔になる。この人なら信頼できる。

結局、彼の熱意に押される形で、私は彼の両親やお兄さんと顔合わせをすることになった。ここで、断固として会わないと言って切り捨てるのも不義理な気がするし、何より場の空気に流されてしまった。

そこですぐに婚姻届を書くわけではない。第一、ご両親はすでに私の存在を知っている。息子である彼にはとてもお世話になっているのだから、挨拶くらいはしに行かなければ、失礼になるだろう。

彼が今、強く望むなら……私は彼の〝婚約者〟として振る舞おう。

そして後になって彼の愛情が冷めたその時は、すっぱりと彼のもとから立ち去ろう。

（だから私は、彼を好きになってはいけない）

そんな複雑な思いを抱きながら、彼のご両親とお兄さんに会う日までを過ごした。

そして翌週の日曜日。佐伯君のご家族に会うため、初めて彼の実家に向かう。

外に出て車に乗るだけなのに、まだまだ花粉が飛んでいて鼻や目の痒みはつらい。

けれど、今日はそれも気にならないくらい緊張している。

この日までに、私はたくさんのイメージトレーニングをした。ネットや書籍で、婚約相手の親への挨拶や礼儀、作法までいろいろと調べたのだけれど……〝資産家で業界最大手企業の社長の息子〟の家族に対しての挨拶の仕方なんてあるわけもなく、一般常識程度の礼儀しか勉強できなかった。

「ああ、心配だな……。がさつで礼儀を知らない人間だって思われたらどうしよう」

「心配しすぎだよ。大丈夫、いつものままの未奈美でいいよ」

「そうは言ってくれるけど、やっぱり不安だよ。本当のところ、なんて思われているのかもわからないのに……」

「もし変な空気になっても、俺がいるから安心して。何か言われても、俺が必ず未奈美を守るから」

『守るから』と言われて、ついドキッとする。手に力が入り、シートベルトをぎゅっと握ってしまう。

佐伯君は不意打ちでこういうことを言ってくるから、油断していると一気に顔に熱が集まってしまう。今もその赤い顔を知られたくなくて必死に気持ちを整え、深呼吸をした。

「アハハ！　そうそう、いいね、深呼吸は大事だよ。俺も緊張した時はよく深呼吸をするなあ。気分転換の方法が一緒で嬉しいよ」

そう笑いながら運転する佐伯君の顔はいつもと変わらない。呑気《のんき》でいいなあ……なんて、少し恨めしく思ってしまった。

「気楽にいこう、未奈美。俺の両親は絶対にキミに危害を加えないよ」

なんて優しい声色なのだろう。そんなことを言われたら「マナーが身についていないから、気が重い」だなんて、絶対に言いだせない。

それに、その言葉で私に安心感を与えてくれようとしていることが、素直に嬉しかった。

「そうだね……。佐伯君のご両親だから、きっと優しい人だね」

私がそう返すと、佐伯君は照れ笑いをする。車内の雰囲気は緊張から穏やかなものに変わり、お家までの道はいいドライブになった気がした。

そして二十分ほど車は走り、高級住宅街へと続く道に入った。テレビでやっている、セレブなお家の特集とかでしか見たことがないような、そんな巨大な一軒家ばかりが並んでいる一角に、彼の実家はあった。西洋のお城のような門構えに、ごくりと唾を飲み込む。

「……この巨大な門扉の奥に、お家があるの？」

「うん。そうだよ」

当たり前のようにそう言うけれど、私の想像をはるかに超えたセレブリティな空間に、めまいがしそうになる。リモコンのキーを使って自動で巨大な両扉を開けると、その先には大きな庭園が広がっていた。

「この先は庭園で、その奥に本館があって。あと、離れにはおばあ様が家政婦と一緒に住んでいるんだ。一緒に住んでいたおじい様は、もう亡くなってしまったけど」

（え？　佐伯君、おばあ様もいらっしゃるの⁉）

そう思い焦ったものの、私の頭はすでにキャパオーバーだ。これ以上のことは考えられないと判断して、おばあ様という存在について今は考えないようにした。

「とんでもないお家だね……。ここまでとは思わなかった。すごいね、佐伯君」

満開の桜で色づいた大木と、手入れが行き届いた美しい緑が目に飛び込んでくる。

車は青々とした芝生が広がる庭園の間の道をゆっくりと進んでいく。

「まあ、でもこの家を建てたのは亡くなったおじい様だから。尊敬するよ、会社も家も大きくしたのはおじい様と父さんの力だ。俺も兄さんも今はまだおんぶに抱っこのような状態だよ」

「それでも毎日、朝早くから夜遅くまで仕事をしているじゃない。私、御曹司ってもっと楽な人生を歩んでいるイメージだったけど、佐伯君を見てそれが変わったよ。きっと自分たちもお父さんたちに負けないように、頑張っているんだろうなって」

そう言った途端、徐行をしていた車に急ブレーキがかかる。私は驚いて「わあ！」と声を出してしまい、何事かと佐伯君を見る。すると運転席に座る彼が、ハンドルに顔を突っ伏して少し震えていた。

「未奈美からそんなことを言ってもらえるなんて、それだけでもこの家に連れてきたかいがあったよ……ああ、本当に嬉しいな」

そして感極まった声でそんなことを言いだす。どうして彼は私が褒めると、こうして情緒不安定というか、大袈裟《おおげさ》になるのだろう。

やっぱり変わった人だなと思いつつ、彼のこんな態度にリラックスできた自分がいて、ちょっと感謝をした。

再発進した車はゆっくりと庭園を走り抜け、高級車が十台ほど並んでいる駐車場に着いた。車にうとい私でも、すぐにわかる。見たことがあるエンブレムがついた、海外の高級車ばかりだ。

車から出てその光景に圧倒されていると、佐伯君が私の隣に並んだ。

「未奈美、こっちだよ」

動けないでいる私の手を掴み、佐伯君は歩きだす。彼の手は少し冷たい。私と同じで緊張しているのだろうか。でも二人で手を重ねていると、少しずつだけれど温かくなってくる。そうして手の冷たさがなくなった頃、タワーマンションのエントランスのような大きな両扉の玄関が現れた。

「ど、どこも全部大きいね……」

「そうだね、見慣れていないと圧迫感があるよね。大丈夫、すぐに慣れるよ」

この光景に慣れる日が来るのだろうか。そんな自分は想像できないけれど。

ただただ驚いているといきなり扉が開き、そこからスーツ姿の初老の男性が現れた。ピシッと背筋が伸びていて、とても気品がある。この方は知っている。私が佐伯君のマンションに住みはじめた翌日、一緒に身の回りのものを買いにいってくれた、立花さんだ。とはいえ、あの時は必要最低限の言葉しか交わさなかったので、今回がほぼ初対面のようなものだけれど。

立花さんは「先日はお疲れ様でございました」と私に短く挨拶をすると、「こちらです」と言い、私たちを案内してくれる。

立花さんは、佐伯君が生まれる前から佐伯家で働いているらしい。厳しいところもあるけれど人柄のよい人で、佐伯君たち兄弟とはよく出かけたり、一緒に遊んでくれたりしたのだと、以前、佐伯君が言っていた。

「父さんと母さん、兄さんはすでに待っているから。一応、おばあ様にも声をかけたのだけれど、今日は外せない用事があるとかでいないんだ。そうそう、この手土産、喜んでもらえるといいね」

「う、うん……。そう、だね」

私はとりあえず、心の準備が整わないままおばあ様にお目どおりせずにすんだことにホッとした。

佐伯君は私に顔を近づけ、小声で喋ってくれる。いつもなら近い距離で彼に話しかけられて、ときめいていただろう。でも、今は違う。

彼のご家族に会うという緊張で、心臓の音が半端なく大きい！

手土産の紙袋の紐《ひも》を持つ手はもう、汗でぐっしょりだ。

（そういえば、今日のこの格好って大丈夫かな……）

この日のために先日買ったばかりの、水色のワンピースに視線を移す。なるべく品よく見えるように選んだつもりだったけれど、もう何もかもが心配になってきている。

とはいえ、今さら引き返すことなんてできない。平常心を保たないと……。

そう自分に言い聞かせていると、リビングと思われるかなり広い部屋にたどり着いた。中央には大きなテーブルを囲うようにソファがあり、その横には映画や本に出てくる貴賓《きひん》室のような洋風のテーブルセットが揃っていた。

以前、サスペンスの本を読んだ時にイメージしていた豪華な洋館のようなインテリアの部屋が、目の前に広がった。

入り口にはメイドの服装をした使用人の女性が三人並んでいる。そして中央のソファセットには、佐伯君のご両親とお兄さんが座っていた。

リビングに入ってきた私たちを、三人が一斉に見た。私は慌てて、掴んだままにしていた佐伯君の手から自分の手を離して、頭を深く下げる。

「初めまして、本田未奈美と申します。本日はお時間を作ってくださり、ありがとうございます」

私が震えながら声を出すと、彼のご両親が立ち上がり、こっちに向かってくる足音がした。わざわざ腰を上げて、私たちのほうに来てくれたようだ。

「いらっしゃい。豊の母の陽子《ようこ》です。よく来てくれたわね」

「父の晴樹《はるき》だ。ほら、いつまでも頭を下げていないで、顔を見せてくれないかな？」

「あ、ありがとうございます。失礼します」

ゆっくり頭を上げると、長身の男性と華やかな巻き髪の女性がいた。お義父さんは佐伯君にそっくりで、まるで三十年後の彼を見ているみたい。

お義母さんは、光沢のある品のいい藤色のワンピースを身につけている。華やかで洗練された外見だけれど、雰囲気は穏やかで優しそう。そこが佐伯君に似ているなと思った。

「まあ。あなたが、豊がどうしても結婚したいって言っていた未奈美さんね。話で聞くより、ずっと可愛らしいわ」

「いろいろと大変だっただろう。ここでは気遣いは無用だ、ゆっくり楽しんでくれ」

お義母さんは両手を合わせて私と会うことを喜んでくれ、お義父さんは私の生い立ちを汲《く》み取って、そんな優しい言葉をかけてくれた。

さっきまでの緊張はどこにいったのだろう。心底安堵した私は、肩の力が一気に抜けた気がした。

「こちらにどうぞ、未奈美さん」

「は、はい、ありがとうございます」

お義母さんに誘導されて歩きだす私の背中には、佐伯君の手が添えられている。それだけで心強くなり、前を向いてご両親の後をついていった。

そしてソファに座るように言われ、佐伯君と二人で並んで腰かける。使用人の女性がすぐに紅茶を用意してくれ、いい香りが漂った。

そこで、私を凝視する鋭い瞳に気づく。眼鏡をかけているけれど、顔立ちは佐伯君によく似ている。

彼の視線を受け、さっきまで和らいでいた緊張が一瞬で戻ってきた。力が入った私の肩に、佐伯君の手が優しく置かれる。

隣を見ると、佐伯君は気まずそうな表情をしていた。

「未奈美、母の隣にいるのが兄の誠《まこと》だ」

その言葉にハッとして、直視できなかったお義兄さんのほうに目を向ける。そして慌てて頭を下げた。

「本田未奈美です。よろしくお願いします」

「ふんっ」

私のことが気に入らないのだということは、すぐにわかった。自己紹介をしてもすぐに視線を逸らして、お義兄さんはソファから立ち上がった。

「兄さん、どこに行くんだ？」

「無駄な顔合わせは、もうこれでいいだろう。俺は自室に戻る」

いったんは佐伯君が止めてくれたけれど、お義兄さんはこちらを見ることもせず、去ってしまった。

「無愛想な息子でごめんなさいね、未奈美さん。あれでも兄弟仲はいいのよ」

お義母さんがものすごく申し訳なさそうな表情で、私に謝罪の言葉を述べた。隣のお義父さんも盛大なため息をついている。

「いえ、私は大丈夫です。佐伯君は、お兄さんと仲がいいのね」

「ああ、昔からどこに行くのも一緒だったし、今でもよく一緒に行動はしているからね。でも、未奈美を邪険にすることと兄弟仲がいいことは別だよ。キミに素っ気ない態度をとるなんて、兄だからこそ許せないし悲しいな」

俯き加減でそう語る彼の横顔はとても寂しそうだ。私の存在が彼にそんな顔をさせているのかと思うと、心苦しくなる。

（私、やっぱり来なかったほうがよかったのかも……）

すると、お義母さんがお義父さんのほうを見て口を開いた。

「もっと未奈美さんのことを話しておけばよかったわね。誠、ちょっと誤解しているかもしれないから……」

そう言われ、胸がズキズキと痛む。身分違いだといって歓迎されないのは、当たり前だとわかっていたはずなのに。いざそういった扱いをされると、こうしてショックを受けている。

これは今まで、佐伯君が当然のことのように私のすべてを受け入れて、居心地のいい場所を与えてくれていたからだ。

昔なら、人に冷たくされるのは当たり前のことだった。親からはずっと人間としての扱いを受けずに生活していたのに、今が心地よすぎて甘えていたのだ。

「いいえ、私なら大丈夫です。それに、誠さんの態度は当然だと思います。いきなり得体の知れない人間が現れて、大切にしている弟さんと一緒に暮らしているなんて知ったら、絶対にあんな反応になると思いますし。それと、私がもっとこちらの家柄に見合う家庭で育っていたら、きっと対応も違ったと思うので……」

自分で言っていて、だんだんと下を向いてしまう。ああ、なんて惨めで恥ずかしい言葉なのだろう。

（やっぱり私、場違いなところにいるんじゃないかな）

だけどそんな空気を壊すかのように、お義母さんがハッキリと大きな声で私に語りかけた。

「それは違うわ、未奈美さん。そんな境遇でも真面目にしっかりと育った人だからこそ、私たちはあなたを信頼しているのよ」

「えっ……」

その言葉に驚き顔を上げると、佐伯君のご両親が優しい眼差しで私を真っ直ぐに見てくれている。それは同情とか、そういう類のものでなかった。

続けて、お義父さんが穏やかに目尻を下げながら口を開く。

「ご両親の金銭的な問題で、ずっと苦しかったのだろう。豊から話は聞いているよ。それなのに、よくこんなに素直で純粋な女性に育ったね。それはキミが今まで人生を悲観せずに頑張ってきた証だ」

「私はあなたの人間性にとても惹かれたの。それに、施設にいた頃の面倒見のいいあなたのこと、とても印象に残っているのよ。きっと、豊にもいい影響を与えてくれる女性だと思っているわ」

「そんな……買いかぶりすぎです……！」

もったいない言葉の数々に、頭や両手を思いきり左右に振ってしまう。すぐに、それはちっとも上品な行動ではない、ということに気づいたけれど、もう後の祭りだ。

顔が熱い……！　きっと今、私の顔は真っ赤になっていることだろう。そんな私の後頭部を、佐伯君がそっと撫でてくれた。

「そんなことないよ。頑張ってる人を見てくれている人は、ちゃんといるんだ。未奈美がこうして認められるのは、今までキミが腐らずに頑張ってきたからだ。俺も父さんたちも、そんな未奈美を心から歓迎しているんだよ」

顔を傾け、私を覗き込んで明るい口調でそう言ってくれる。顔の熱さはおさまったけれど、嬉しい言葉をもらいすぎてしまい、なんだかむず痒い。

本当にそう思ってもらっているのだろうか。もしそうなら、こんなに嬉しいことってない。認めてもらえるって、本当に気持ちが満たされるのだということを知り、涙が出てきそうになる。

「豊をよろしくね、未奈美さん。まだまだ半人前で甘えん坊なところがあるから、遠慮なく鍛えてやって」

「き、鍛える……？」

「変な言い方をするなよ、母さん」

上品な見た目のお義母さんらしくない言葉遣いに、溢《あふ》れそうになった涙も引っ込んだ。

その後、緊張で渡すのをすっかり忘れていた手土産の羊羹《ようかん》を渡したり、少しお話をしたりして彼の実家を出た。最後までご両親は優しく穏やかで楽しい人たちだった。

帰りの車の中。彼は私に向かって謝ってきた。

「未奈美。キミを守ると言っておきながら、嫌な思いをさせて本当にごめん」

お義兄さんの対応について、佐伯君はとても気にしているようだ。

「前にも話したけど、兄さんは自分にも人にもとっても厳しいんだ。その性格のせいか、プライドが異常に高くて。〝自分は人とは違う。常に上にいる人間なんだ〟っていう意識が強いから、人を経歴や見た目で判断することがある。俺はいつも兄さんをすごいなって思うけれど、そこは尊敬していないよ」

そう言うと、佐伯君は悲しそうな表情を浮かべた。

「大丈夫！　何度か会ってきちんと話せば、お義兄さんだって私を低く見ようとか、そういった気持ちはなくなると思うよ。だって佐伯君のお兄さんだもの。きっとわかってくれるよ」

彼に苦しい思いをさせたくないと思った私は、わざと明るくそう言った。

「……ありがとう」

そう言った佐伯君の目元は、少し潤んでいるように見えた。

お義兄さんである誠さんの態度は気にならないと言えば嘘になるけれど、今はこんな私でもいいと言ってくれている佐伯君やご両親のために、できることを頑張ろう。

誰にも必要とされなかった私を、初めて必要としてくれた人たちの役に立つんだ。

今まで虐げられることしかなかった私に、初めてできた目標だ。

(佐伯君とご両親の期待に応えられるように、毎日を頑張ろう)

そう決意をしたら急に、なんだか鼻がむずむずして、思わずくしゅんとくしゃみが出てしまった。どうやら緊張ですっかり引っ込んでいた花粉のアレルギーが、顔を出してきたらしい。そんな私の様子を見て、佐伯君は「可愛い」と言って、くすりと笑った。

私は佐伯君の笑顔のために、頑張るんだ。

私の存在が不要となる、その日まで。

そう心に決めた一日となった。

第四章

佐伯君の実家に行ってから一週間が経った。その間も平穏に日々は過ぎ、私は有意義な時間を過ごせている。そして一緒に暮らして三か月も過ぎると、彼がいる生活は私の人生の中で、当たり前のようになっていた。

佐伯君はずっと私に好意をもってくれているようだけれど、絶対に手を出すことはしてこない。多少のスキンシップはあるものの、それは充分に許容範囲だ。そして何より、言葉や態度で私に好意を伝えてくれる。

彼は自分で以前に宣言したとおり、私が佐伯君をちゃんと好きになるまで待つつもりらしい。本当に私の気持ちを尊重してくれている。

最初は、私なんかを助けるなんて変な人……と思っていたけれど、今は彼に大きな信頼を寄せている。

助けてくれた恩があるから、私にできることはなんでもやりたい。ただ、これが恋愛感情なのかと問われたら、まったくわからない。

だって、私はこれまで誰かを好きになるなんてことがなかったし、好きになってもらった覚えもないから、恋愛というものがよくわからないのだ。

佐伯君のことは大切だと思うし、彼に尽くしたいとも思う。

けれど、そう思うのは恋愛なのか、恩返しをしたいという気持ちなのか……。そんな複雑な感情を毎日、持て余している。

「きっと暇な時間があるから、そんなことをずっと考えちゃうのよね……」

浴室でバスタブを洗いながら、独り言を呟く。毎日の掃除のおかげでカビ一つないピカピカのバスタブをスポンジで擦りながら、ため息を一つついた。

洗剤の泡をシャワーで流し、綺麗になったバスタブを見ると少し胸がすっとする。

心の中で、よし！という達成感を得て浴室を出ようとしたら、ドアの向こうに仁王立ちになって私を見つめるパジャマ姿の佐伯君がいた。

「わあ！　び、びっくりした……。また、そこに立ってたの？」

「だって未奈美が一生懸命、家の浴室を掃除してくれているんだ……。まるで、本当のお嫁さんみたいで、感激するんだよ」

「……それ、休日には必ず言っているよね……。毎回、家事をしている私を見ていて飽きないの？」

「うん、まったく」

こうもハッキリ言われたら、何も言い返せない。私は苦笑いを零しながら浴室を出て、洗面所で手を洗いタオルで拭いた。

洗面台の鏡にも、後ろ姿の私を見つめる佐伯君の姿がある。腕を組みながら満足げに私を見つめるその瞳にはもう慣れた。けれど、思いもよらない場所とタイミングに突然現れることがあるので、そんな時は心臓が飛びだしそうなくらいびっくりする。

そうして私を熱心に見つめる彼に、鏡越しに問いかけた。

「佐伯君、せっかくのお休みだからゆっくり寝てたらいいのに」

「休みだからこそ、普段の未奈美の生活が見られるんじゃないか。いつも未奈美がどんなことをしているのかを知れるのは、休みの日しかないからね」

そんな彼の言葉を背中で聞きながら、洗濯機の中にある洗濯物を出していく。乾燥機つきの洗濯機なので中のものはすでに乾いていて、あとはリビングに持っていってたたむだけだ。

洗濯物を持ってリビングに移動する私の後ろを、佐伯君はついてくる。

(母親の後をついてまわる幼児か、遊んでほしいとねだる大型犬みたい)

そう思うとなんだかおかしくなってきて、笑いを堪えるのに必死になってしまった。

そしてリビングで洗濯物をたたみはじめる私を、ダイニングテーブルの椅子に座り、彼は飽きもせず眺めている。

実は一度、佐伯君が『俺も手伝う！』と言ってくれたことがあった。けれど彼は絶望的に家事の才能がないというか……何をやってもかえって時間がかかってしまうため、話し合いの結果、今は〝何もしないのが一番の手伝い〟というところに落ち着いている。

「いいね、俺の洗濯物をたたんでくれる未奈美を眺めるのは」

うっとりとした目をしながら、佐伯君は家事をこなす私を見ている。私の自惚《うぬぼ》れではなかったら、それはまるで〝一瞬たりとも私から視線を外したくない〟という感じだ。

私はそんな彼を見ながら、半分照れ臭く、半分呆《あき》れた気持ちになり、今までの様子を思い返していた。

「私が料理をしている時も、その椅子に座って見ているよね」

「休日に、俺の朝食を作ってくれる未奈美の姿を優雅に見られるのは、最高の幸せだよ」

感情を込めて言う彼の顔は、朗らかに笑っている。頬はほんのりとピンク色で、私を見つめる瞳はキラキラと輝いている。

う。

「本当、変な人……」

この言葉、一緒に暮らしはじめて何回言っただろう。毎日、一緒にいるのにその日が初めてのように感動して、感激を口にする彼を見ると、どうしてもそう言ってしまう。

まるで、私を観察するのが趣味みたいだ。

「この後の掃除が終わったら昼食にするから、食べたいものがあったら言ってね」

洗濯物をたたみ終え、それをしまいに部屋を移動しようとした私に、佐伯君は「あっ」と一声出して立ち上がった。

「そうだ、今日は昼食を外で食べてから、図書館に行かないか。未奈美、本が好きだろう？」

「本が好きって……どうしてそれを？」

びっくりした。たしかに私は本が好きで、ここに来てからは三冊ほど買わせてもらっていた。もっと読みたい気持ちはあったけれど、無駄遣いはいけない。それに、お気に入りの本を何度も読むのも嫌いではない。だから、本好きだと気づかれていたことには、本当に驚いた。

「あっ、いや、小学校の頃、よく図書室に行ってなかった？　だから、今も好きかなって……」

佐伯君は、少し慌てたような様子を見せつつも照れ臭そうに言うと、後頭部を手で掻いている。たしかに私は小学生の頃、無料でたくさんの本が読める図書室が大好きで、休み時間は必ずそこに行っていた。佐伯君は、その時の私を見ていてくれたのだ。

「見てたの？　というか、そんなこと覚えてたの？　そんな、昔のこと……」

息を潜めて暮らしていたただのクラスメイトである私がしたことなど、よく覚えているな。佐伯君は記憶力がいいのだなと感心する。

「もちろん、未奈美のことはなんでも覚えてるし、知ってるよ」

にこっと笑い、自身の後頭部をさわっていた手は私のつむじにのせられる。そしてポンポンとした後、顔を傾けて覗き込んできた。

「図書館といっても、実はうちの父親が経営している会社の所有だから、一般には公開していないんだ。親族やうちの会社の社員、得意先なんかがのんびりと過ごせる場所でね。サロンみたいな特別な個室もあるし、一階は展示室やカフェになっていて、二階から五階までは棚いっぱいに本が並んでいる。なんでも読めるよ」

「す、すごい！　そんなところがあるの？　あっでも、佐伯君は休みの日、いつもジムに行っているけど、今日はいいの？」

「ジムには明日行くよ。今日は未奈美との時間を大切にする。それに六月には十日間の出張があるからね。今のうちに思う存分、未奈美との時間を堪能しておきたいんだ」

佐伯君は爽やかに微笑むと、私の頭から手を離し「さっ、着替えてこよ」と歩きだす。私はその背中に声をかけた。

「時間を作ってくれてありがとう。本当に嬉しい」

「未奈美が嬉しいと、俺も嬉しいよ」

顔だけこちらを振り返り、笑みを崩さないで彼はそう言った。


その日は、佐伯君のおかげで充実した一日となった。

図書館は特定の人にしか公開されていないというだけあって混雑しておらず、のんびりできる空間だった。

建物にはふんだんに木材が使用されていて温もりがあり、椅子やソファは一目で高級だとわかる造りをしている。

そして、多様なジャンルを取り揃えたとんでもない量の本が収められていた。さすがに一日では回りきれなくて、今後は家事が終わった自由時間に通うことに決めた。

私は目移りしながらも、本がぎっしり詰まった棚を見て回る。

（今日はこれくらいにしようかな）

抱えた本に視線を向ける。手に取った本だけでも十冊は超えていて、今日中には読み切れないだろう。目を通せなかった本は借りて、後日また返却をしにこよう。

好きなものを好きなだけ堪能できるこの状況は初めてで、本当に幸せだ。

ただ、十冊を超える本はさすがにこのまま手に持って歩くには重すぎるため、カートにのせて運ぶことにした。それを押して、彼と待ち合わせをしている親族のみが使えるという特別な個室へと向かう。

個室の扉を開けると、二人用のソファに深く腰かけ、分厚い本を読みふけっている佐伯君がいた。

その表情は真剣そのもので、普段見ることができない瞬間を見た気がして、胸が高鳴る。

そんな彼に少し見惚《みと》れてしまっていたら、佐伯君が私に気づいた。

「未奈美の本の量もすごいね。いい本はあった？」

「う、うん、もうたくさんありすぎて、選びきれないくらい。佐伯君は？　何を読んでいるの？」

「俺はこれだよ」

そう言って佐伯君は表紙を見せてくれた。彼が読んでいるのは建築様式に関する本だった。その他にも広いテーブルの上には世界的に有名なテーマパークを造ったクリエイターの著書だったり、中世画家や現代アーティストたちの画集だったりと、様々なジャンルの本がたくさん並んでいる。英書なのでよくはわからないが、グリムやアンデルセン、シャルル・ペローといった童話を集めたものもあるようだ。

「すごいね……。全部、仕事関係の本なの？　佐伯君って、たしかテーマパーク事業の最高責任者だって言ってたよね」

「ああ、うん。こだわりだすときりがないことはわかっているんだけど、どうしても最高のテーマパークにしたいから、できるだけのことをやりたいんだ。でも、そのためにはアイデアやひらめきが必要だろ？　だから、少しでもいろんな知識を吸収しようと思って」

彼はさらっと言うけれど、テーマパークの建設なんて簡単なことじゃないはず。ただの好奇心や、ちょっとやってみたいなんていう軽い気持ちでは携われないと思う。

それは普段から彼の仕事への取り組み方を見ていて、私も感じていた。

「どうしてそこまで頑張れるの？」

それは単純な疑問だった。テーマパーク建設はとても素敵な目標だと思う。だけど、休日まで本を読んで勉強するなんて、そこまで熱くなれる理由を知りたいと思った。

佐伯君は視線を上に向け、少し悩む素振りをした後、口を開いた。

「……誰でも笑顔になれるそんな場所を作りたい……。それが一番の理由かな」

「みんなの笑顔を見たいの？」

「ああ、そうだよ。俺は人が喜ぶ顔が大好きなんだ。だから、そのための場所を作りたい。それがテーマパーク建設を目指したきっかけだよ」

そう語る佐伯君の笑顔は、ものすごく素敵だ。彼のその表情を見た瞬間、胸の奥が甘く鳴り、私自身も自然と笑顔になった。

「……素敵ね。すごく素敵」

こんな言葉をストレートに口にするのは普段の私なら恥ずかしいはずなのに、今は素直に言える。それは本当に彼の行動と思いが素晴らしいと思ったからだ。

「本当？　嬉しいな、未奈美にそう言ってもらえるなんて。これからもますます頑張れそうだ」

「ふふっ。あっ、私も隣で読んでもいい？」

「もちろん。おいで。それにしても、本当にたくさん持ってきたね」

そう言いながら彼が自分の隣を手でポンポンと叩くので、そこにそっと座る。

「まだまだ読みたいものもあるの。だけど、それは次の楽しみに取っておくね」

その際は運転手つきの専用の車を手配すると佐伯君に言われたけれど、私なんかのためにそんなことをしてもらうなんて贅沢すぎると、個室に響く声で答えてしまった。

その後、電車を使うだのハイヤーを呼ぶだの、私と佐伯君の間で押し問答のような状態になったが、お互いが妥協をした結果、私一人の時はタクシーを使わせてもらうことになった。「もっと未奈美の力になりたいのに……」と言って佐伯君は残念がっていたけれど、今日はこうして車で連れてきてくれたし、一人の時はタクシーを呼ばせてもらえるなんて、もう充分だ。

今、私は人生の中で一番恵まれている。だから、これ以上高望みはしないし、ずっとこのままでいい。

（こんなふうに思える生活ができるのは、なんて素晴らしいことだろう。ずっと、こんな平穏な毎日が続けばいいのにな……）

目の前に置いた大量の本を見ながら、そう思った。

そんな日々を過ごし、六月になった。佐伯君は午前中ジムに行き、午後は大学時代の友人と会って夕飯を食べてくるとのことで、私は家で一人、先日借りてきた本を読んでゆっくりと過ごしていた。

佐伯君は気を利かせて、読書のお供にと有名コーヒー店の期間限定コーヒーとチョコチップスコーンをデリバリーしてくれた。私は今、それをいただきながらリビングのソファで読書を楽しんでいる。

窓からは、遠くの公園にある桜の木が見える。花が盛りの頃にはあのあたりは薄ピンク色に染まっていたけれど、今は青い葉が茂っている。爽やかな風が部屋に入り込んできて、気持ちがいい。

「絶好の読書日和だ……」

窓からの風を頬に感じながら、ページをめくる。今、読んでいるのは各都道府県の隠れ家的な食堂を巡ることが趣味である主人公の話だ。

食堂での人間模様がすごく繊細に描かれていて、ほっこりするお話に夢中になって読んでいた。

いつか各地域の美味しいものを巡る旅に出てみたいな。佐伯君……一緒に行ってくれるかな。

でも、忙しい人だから無理かな。いや、でも事前に誘ってみて時間ができたら一緒に行ってくれるかも……。

どこかに行くことを想像する時、真っ先に思い浮かぶのは佐伯君だ。

ダメだな。私、彼に依存しているみたい。

少し前までは一人で行動するのが当たり前だったし、どこかに出かけようなんて気にもならなかったのに。すごい変化だなと自分でも驚いている。

これも佐伯君のおかげだ。そんな彼のために、明日の朝食は大好きなサバの味噌煮にでもしようかな。

喜ぶ彼の顔を思い浮かべていると、私のスマホから着信音が流れた。

佐伯君のことを想像していたから、本人から電話がかかってきたのかも。そんな笑みを零しながらセンターテーブルに置いていたスマホを手に取ると、知らない番号からの着信だった。

いったい誰だろう？

もしかして、佐伯君やご両親に何かあって、彼の会社関係の人かお家の使用人がかけてきたのかも!?

急いで通話ボタンを押し、私は口を開いた。

「も、もしもし……！」

『豊の兄の誠だ。今、豊はそこにいないか』

電話をしてきた人物の名前を聞いて、動きが止まるくらいびっくりした。まさか、佐伯君のお兄さんだったなんて！

これはもしかしたら、本当にご両親に何かあったのかもしれない。私が言葉に詰まって返事をできないでいると『おい、聞いているのか』と厳しい声が聞こえてきた。

「は、はい、今は外出をしていますが」

『ならば、手短に話す。しっかり聞いておけ』

誠さんの厳しい口調に、電話でも畏縮《いしゅく》してしまう。だけど、大事な話なら一言一句聞き逃すわけにはいかない。

私は息を呑み、内容をしっかりと書き留めるため、急いでリビングにあるメモ帳とボールペンを取り出してメモをする態勢を整えた。

『次の日曜日、祖母が開催する親族の女性が集まる茶会がある。そこにお前も参加しろ』

「えっ、わ、私がですか⁉」

日付を書いた途端、今度は腰が抜けるような言葉を耳にしてつい大声を出してしまった。

佐伯家の親族の女性が集まるお茶会……。しかも彼らのおばあ様が主催する、そんな行事に、家族でもなんでもない私に参加しろと誠さんは言う。

驚愕のあまり言葉を失うと、誠さんは苛立ちを隠さずため息をついた。

『欠席はもちろん、遅刻も厳禁だ。あと、豊には黙って来るように』

「そんな、どうして豊さんには内緒なんですか」

『豊に相談すれば、あいつのことだから心配でたまらなくなり、一緒に行くと言いだすだろう。だが豊は明日から、テーマパーク事業の関係で長期出張だ。そんな時にいないとなったら、業務に支障が出る』

「あっ……たしかに……」

長期出張の件は私も聞いている。佐伯君はもうその準備を終え、すでに玄関にはキャリーケースが置いてある。

佐伯君は以前、みんなが笑顔になれるテーマパークを作るのが夢なのだと力強く語っていた。それは彼が一番力を入れていて、人生をかけている仕事なのだと。

そんな大切な事業に取り組んでいる最中に、私なんかのために彼の仕事の邪魔をしたくない。

『時間は昼の二時。迎えにきた車に乗り、茶会に向かえ』

「あの……！」

『親戚は、お前に会うことをとても楽しみにしている。必ず来るように』

私が返答に困っていると『返事は？』と鋭い声がして、思わず「はい！　わかりました」と答えてしまった。

それを聞くと、誠さんは一方的に電話を切った。あまりの急な出来事に、スマホを見つめながら呆然とする私。

突然の話でわけがわからなかったけれど、約束の日付と時間は無意識のうちに、きちんとメモ帳に書いてあった。

日付と時間、佐伯家お茶会という自分で書いた文字を見て、再び呆然とする。

「お茶会……。お茶会って何をするの？　佐伯君の家の造りからして、西洋の貴族がやるような……あの、優雅なアフタヌーンティーとかそういうの⁉　私、マナーも知らないし、何を話していいのかもまったくわからないよ……！」

メモ帳を掴み、震える手でそれを凝視する。

誠さんは佐伯君には絶対に隠しておくようにと言っていた。私も彼の仕事の邪魔をするのは嫌だし、足手まといにはなりたくない。

だから、このお茶会は私一人で乗りきらなければいけない。

「で、できるかな、私に……」

とんでもないことになってしまった。けれど『はい』と返事をした以上、絶対に参加しなければいけないだろう。

(出張中の佐伯君の迷惑にならないように、しっかり務めなくちゃ……)

そんなプレッシャーから、私は何かと挙動不審になってしまった。夜、帰宅した佐伯君はその様子を怪しんだけれど、明るく誤魔化すと、必要以上に詮索《せんさく》はしてこなかった。

そして出張をしてしまえば仕事が忙しいのか、連絡は毎日の朝と夜のメールだけで、特に疑われることはなかった。

彼が出張に行ってからは、スマホや図書館でアフタヌーンティーとはどういうものかを調べたけれど、よくはわからなかった。結局のところ、それはただ緊張を高めるだけの作業になってしまった。

とにかく、失礼のないように頑張らなくちゃ。仮にも、私は佐伯君の婚約者という立場で参加するのだから。彼に恥をかかせる事態には、ならないように。

そんな緊張感の中、とうとう約束の日がやってきた。

約束の日、迎えにきた黒塗りのセダンがマンションの前で止まっていた。

後部座席のドアの前には、立花さんが立っている。

私が早足に立花さんのもとに向かうと、彼は一礼をして車のドアを開けてくれた。

「お、おはようございます、あの、お迎えありがとうございます」

「これが私の仕事でございますから、お気になさらないでください」

立花さんはすっと耳に届くバリトンボイスでそう言ってくれた。ただ、気になったのは立花さんの表情だ。

私の服装を見て、少し視線を彷徨《さまよ》わせている。無難だと思ったネイビーの膝丈ワンピースは、やっぱり地味だったのかな。

今は六月。季節のことを考えれば、もう少し明るいパステルカラーのワンピースにすればよかったのかもしれない。

（ああ、これでは誠さんに、何かお小言を言われるかな……）

気乗りのしないお茶会なだけに、さらに気分が重たくなる。

とはいえ、もう着替える時間はない。沈んだ気持ちで後部座席に座ると、隣に人がいることに気づき、驚いて「ひっ」と小さな悲鳴を上げてしまった。

「ずいぶんと緊張しているようだな」

「あっ、い、いらっしゃっていたのですか……」

そこに座っていたのは、佐伯君のお兄さんの誠さんだ。上質なグレーのスーツにブルー系のネクタイを合わせ、まるで今から仕事に行くみたい。

眼鏡の奥の瞳は面白そうに笑っていて、以前の態度とは正反対でなんだか不気味に感じてしまった。

「豊もいないことだし、向こうに着いたら簡単に皆に紹介してやろうと思ってな。急遽《きゅうきょ》、参加することにしたんだ。あと、茶道具の説明くらいしてやってもいい。茶道なんて、庶民のお前が知っているはずがないだろうから」

「えっ……。あの、お茶会って、いわゆる日本の……茶道のお茶会なのですか⁉」

「茶会といえば茶道だろう。庶民はそんなことも知らないのか」

一気に血の気が引いていく。佐伯君の実家である洋館の印象が強すぎて、てっきり洋風のお茶会だと思い込んでいた。紅茶やコーヒーで、アフタヌーンティーを嗜《たしな》むものとばかり思っていたのに！

（どうしよう……。茶道の作法なんて見たことがないし、習ったこともない。しかも茶道なら、着物にするべきだったのでは……）

だから、立花さんは私の服を見て動揺したのだ。私が見当違いな格好をしていたから。

「わ、私、着物なんか持ってなくて……」

「そのようだな。習い事程度なら洋装で参加をする場合もあるようだが、佐伯家の女性は着物で参加が常識だ。マナーをさっそく破ったお前の参加を、おばあ様は許してくれるかな。豊の婚約者だという女は常識も知らないのかと、さぞガッカリされるだろうな」

その状況を想像しただけで絶句してしまい、冷や汗が流れ出てくる。きっと佐伯家の人たちは素晴らしい着物を身につけ、茶道の作法も完璧なのだろう。

そんな中に素人で、しかも洋服の私が参加するなんて場違いもいいところだ。

「きょ、今日は不参加で……出直してきます」

「それは許さない。出席は絶対だと言ったはずだ。おばあ様に参加を断られるのならともかく、自分から急に欠席したいなんて、許されるわけがないだろう」

きちんと着物を用意して、作法を勉強してから参加したかったのに、誠さんはそれを許してくれない。彼の横顔を見つめるけれど、意地悪そうに眼鏡の奥の瞳が微笑んでいる。

この目を、私はよく知っている。

私の両親も私を見下す時、よくこんな目をしていたからだ。

「きちんと確かめなかったお前が悪い。まあ、せいぜい頑張るがいいさ」

そう言い放ち、誠さんは鼻で笑う。私は顔面蒼白《そうはく》になり、膝の上にある手も震えてきた。

（どうしよう、どうしたらいいのだろう。こんなことになるなんて……）

「……誠さま、未奈美さまは初めてのご参加なのですから、私がサポートにつくのはいかがでしょう」

突然、運転席にいる立花さんが恐縮した声でそう言ってくれた。私は目をハッと見開き、藁《わら》にも縋《すが》る思いで立花さんと誠さんを交互に見る。

「黙れ、立花。余計な口出しをするな」

誠さんのその言い方に、一気に心の中が不安でいっぱいになった。立花さんはバックミラーで、チラチラと何度もこちらを見て気にしている。

心配してくれているのはわかるけれど、当然、雇い主の家族である誠さんには逆らえるはずもなく「申し訳ございません」と言うと、黙ってしまった。

誠さんは冷たい声でおかしそうに笑う。私は少しでも茶道の知識を頭に詰め込もうとスマホで検索をしたけれど、それらは佐伯家に到着したと同時に、緊張と不安ですっかり頭から消えてしまった。

「……未奈美さま、こちらです」

佐伯家に到着すると、誠さんは一人でどこかに行ってしまった。立花さんは私を茶室まで案内してくれた。

おばあ様が住んでいらっしゃるという離れに続く形で、それは立っていた。立派な日本家屋で、外壁の周りには季節の草花や盆栽が並べられている。

家の中の一室ではなく、ここまできちんとした場所でするお茶会だったことにさらに不安は募るばかりだ。すると、立花さんが遠慮がちに私に声をかけてくれた。

「未奈美さま、とりあえずこれだけでもお持ちください」

そう言って立花さんが渡してくれたのは、木を削って作った楊枝《ようじ》のような道具と、真っ白な四角い和紙に紫陽花《あじさい》の模様がついた紙束だ。

「これって……」

車の中で茶道について調べた際、これらについても説明が書いてあった気がする。

「黒文字《くろもじ》という菓子楊枝と、懐紙《かいし》と呼ばれる和紙です。茶道では、各自が懐紙にお菓子をのせたり、指を清めたりすることがマナーとなっております。また、この和紙に入っている柄は、女性たちの話題の一つにもなります。きっとあなたのお役に立ちましょう」

黒文字や懐紙なんて、和装でもない限り普段から持ち歩くものではないはず。だとすると、立花さんは私のために用意してくれていたのだろう。そして私が佐伯家の中で孤立しないように、話のきっかけになればとこれを渡してくれたのだ。

立花さんと顔を合わせたのは、今日でたったの三回。しかも、ほぼ会話などはしていない。それなのに、こんなふうに力を貸してくれるなんて。

一瞬で心が温かくなり、ほんの少し強くなれた気がした。

立花さんの優しさに涙が溢れそうだ。

「ありがとうございます、ありがとうございます……！」

黒文字と懐紙を受け取り、何度も頭を下げる。すると、立花さんは私の肩にそっと手を置き、指に力を込めた。

「私が協力できるのはここまでです。この中には豊さまたちのご祖母さまをはじめ、旦那さまのご姉妹、その方たちのお嬢さまや従妹さままでいらっしゃいます。心細いでしょうが、どうかお一人で頑張ってください」

「はい！」

立花さんは一礼すると、そのまま来た道を戻っていった。彼の後ろ姿を見送り、前を向いた私は大きく深呼吸をしてインターホンを鳴らす。

ピンポーンと高い音が鳴り、動悸《どうき》も速くなる。少ししてから格子柄の扉がスライドして、一人の年配の女性が現れた。

「……あなたは？」

私を訝《いぶか》しげに見つめながら口を開いたのは、グレイヘアがとても似合う小柄な年配の女性だ。

口調は柔らかだけど、目つきは鋭く品定めをされているみたい。

どことなく誠さんの面影を感じるかも……と思いながら、頭を深く下げた。

「初めまして！　このたびはお招きいただきありがとうございます。本田未奈美と申します」

「ああ、あなたが……そう」

私の全身を見る冷たい眼差しは、誠さんの目によく似ている。そしてあまり歓迎していないような口調で「早くお入りなさい」と言うと、おそらく佐伯君のおばあ様であろう人は私に背を向け、さっさと奥に入っていってしまった。私も慌てて靴を脱ぎ、揃えて後に続こうとする。すると、後ろから急に声をかけられた。

「ふんっ。おばあ様に挨拶はできたようだな」

驚いて後ろを振り返ると、誠さんが面白くなさそうな顔をして立っている。私が玄関先で早々に追い払われなかったことが、気に食わなかったのかもしれない。

(本当に、お茶会に参加しなければいけないんだ……)

しかも、佐伯家の親戚の女性たちが集まるこの場で。

緊張で心臓が口から出てきそう。そんなことを思いながら、あっという間に先に歩いていき姿が見えなくなってしまった誠さんを追いかけた。

廊下はそれほど長くはない、いたって普通だろう。けれど足が重くなっている私にとって、それは地獄のように長く続く道に感じられた。

だんだんと女性ばかりが話す声がしてきて、その中に、誠さんの声が交じって聞こえる。どうやら、この襖《ふすま》の向こうに人が集まっているらしい。

「今日は以前お話ししたとおり、豊の婚約者だという人物を連れてきました。皆様に紹介したいので、こちらにご案内してもよろしいでしょうか?」

「ええ、もちろんよ」

「楽しみね、どんな方が来るのかしら」

好奇心の塊と思われる声が次から次へと聞こえてくる。私はその声がする襖の前に正座をすると、頭を下げた体勢をとった。

「入れ」

誠さんの声が聞こえ、襖が開く。私は頭を下げたまま挨拶をはじめた。

「初めまして、本田未奈美と申します。本日はお招きいただき、ありがとうございます」

声を震わせながら挨拶をする。顔を上げると、そこには十人くらいの女性が八畳ほどの和室にずらりと並んでいた。みんな場の雰囲気に合わせた上品な着物を着ていて、背筋がピンッと張った圧のある女性ばかりだ。その面々を見て、ふと思った。

「あの……お義母さんは……」

マナーを学ぶことばかりに気がいっていたけれど、今日は佐伯家の女性が集まるというお茶会。だから当然、お義母さんも参加をしているはずだということに思い至ったのだ。けれどその輪の中に、佐伯君のお母さんの姿は見当たらない。

「母は、父の大切な来客があり参加できない」

その言葉に、頭を鈍器で殴られたくらいの衝撃を受けた。

このお茶会で、本当に私は一人ぼっちなのだ。誰かに助けを求めようにも、私の味方は一人もいない。

不安で固まっている私に、女性たちのクスクスと笑う声が聞こえてくる。

「まあ、お着物じゃなくってよ」

「それに、質素なワンピースね」

「どこであんな服が売っているのかしら」

「きっと私たちが買い物をするようなお店ではないのよ」

「メイクも安っぽいわ」

「髪も傷んでいるわね。手入れをしていないのかしら」

次から次へとひそひそ話が聞こえてくる。その言葉は胸に突き刺さり、いても立ってもいられない感情に襲われるけれど、これくらいのことは覚悟していた。

(大丈夫、実家にいた頃と比べれば、まだまだ頑張れる)

私は鼻から息を吸い込み、気持ちを整えた後、もう一度頭を下げた。

「今日が茶道のお茶会だということを存じ上げなくて、申し訳ございません。次はこのような失敗をしないよう、お約束します。今日だけはこの服装で参加することをお許しいただけないでしょうか」

しっかりと口を開き、ハッキリとした声でこの場にいる全員に聞こえるように言った。その声が届いたのか、場は静まり、誰も声を発しなくなる。

ドキドキと自分の心臓の音だけが聞こえる。

すると、パシッと何かを叩く音が聞こえた。音の主を見ると、それは佐伯君のおばあ様だった。どうやら、右手に持っていた扇子を左手のひらに打ちつけた音らしい。

「言い訳もせず、潔く謝ったことは認めましょう。けれど、洋装での参加は認められないね」

おばあ様が、冷たくそう言い放つ。それを聞いた誠さんは、眼鏡を人差し指で上げると同時に、意地悪く口角も上げた。ああ、せっかく立花さんに背中を押してもらったのに、私の知識不足で台無しにしてしまった。

合わせる顔がない……と落ち込んで俯くとまた、おばあ様の声が聞こえてくる。

「ただ、茶道に大切なのはおもてなしの心。今日の亭主は私です。お客人としてお招きした以上、このまま帰すのは道義に反するでしょう」

その言葉に思わず顔を上げ、おばあ様を見る。すると「早く座りなさい」と言われ、参加の許可をもらえた。

これに小さく舌打ちをして、嫌悪感丸出しの表情をしたのは誠さんだ。この流れが気に入らないだろうことは、すぐにわかる。

とりあえず私は許可が出たことに安堵し、おばあ様に指示された末席と呼ばれる位置まで進み、正座をした。

周りに座っている方々は、もちろん茶道の経験者ばかりなのだろう。上品な着物に髪も整え、姿勢よく正座をしている。

その堂々とした姿に畏縮してしまうけれど、もうやるしかない。見よう見真似でどうにかなるとは思わないが、早々に醜態を晒《さら》してしまった以上、私が初心者だということはここにいる全員がわかっているはずだ。

誠さんが私をあざ笑う声が今にも聞こえてきそうだけど、覚悟を決めた私は経験者である方たちの作法を、必死に真似ることを決めた。

「お菓子をどうぞ」

「頂戴いたします」

そんな会話から、お茶会ははじまった。

茶道のお菓子には主菓子《おも》と干菓子《ひ》の二つの種類があり、今日は主菓子という饅頭《まんじゅう》やきんとん、餅《もち》や練り切りなどの菓子を使うらしい。来る時に慌てて見たネットに書いてあったことを思い出す。

濃い緑色をした陶器の菓子器には、水色から薄い紫へのグラデーションが美しい紫陽花の形をした練り切りが人数分用意されている。練り切りというのは、白餡《しろあん》ともちもちとした求肥《ぎゅうひ》などを混ぜたお菓子らしい。

そうこうしている間に、とうとう私のところまで菓子器が回ってきた。

懐紙をお皿のようにして使い、菓子器に添えられているお箸を使ってお菓子を取ろうとするけれど、緊張してしまい指が震えてうまく取れない。

「箸もまともに使えないのか。みっともない」

私に聞こえるように誠さんが大きめの独り言を口にする。それを聞き、親戚たちは皆、鼻で笑っていた。

(恥ずかしくて顔が熱い……)

けれど私は平気なふりをして、絶対に笑顔を崩さなかった。

ふと気がつくと、亭主であるおばあ様がお茶を点《た》てている。手元には、白地に金の蒔絵《まきえ》が浮かぶ高級そうなお茶碗《ちゃわん》。茶筅《ちゃせん》を使い、しゃかしゃかとお茶が点てられるそのさまは、素人の私でもわかるくらいに完璧で。美しい所作に、思わず見惚れてしまった。

本物ってこういうことなのだと、痛感させられた。こんな人の前で、びくびくオロオロして周囲のやることを真似したところで、ただただ滑稽《こっけい》に映るだけだろう。

でも、ここで逃げだすわけにはいかない。しっかりしなくちゃ。不格好でも、みっともなくても、目の前のことに真剣に向き合っていれば、少しでも思いは伝わるはず。

おばあ様が一人ずつにお茶を点て、それを順番にいただいていく。急遽、参加したという誠さんだったが、お茶をいただくその作法は完璧だ。

ゆっくりとした時間の中、静かにお茶を点てる音と、気品ある雰囲気に圧倒されてしまいそうになる。

そんな緊張感の中、もうすぐ私の番がやってくる。

しかしお点前に気を取られていた私はまだ、懐紙の上に取ったお菓子に手をつけられていない。それに、すでに長時間の正座で足は感覚がないくらいに痺《しび》れている。

「なんだ、その顔は。せっかくおばあ様がお茶を点ててくれるというのに、嫌そうな顔をするな。失礼だろう」

「そ、そんなつもりは……」

少しの表情の変化を誠さんに指摘された私を、おばあ様が強い瞳で見つめてきた。

親戚の女性たちは、小さな声でクスクスと笑っている。

「豊君も、素朴なお嬢さんを見初《みそ》めたものね」

「まあ、顔は可愛らしいから、それだけでしょう。教養や品性なら、私の娘のあなたのほうがずっと上よ」

「やだ、お母さん。本当のことでも言っちゃダメよ」

そう返した娘さんは、私と同じくらいの年齢だろうか。金糸が豪華な、睡蓮《すいれん》柄の着物を着ている。

彼女だけではない。そんな陰口が、いくつも聞こえてくる。

(このままでは私だけでなく、佐伯君まで馬鹿にされてしまう)

そう思った瞬間、私の中で何かがパチッと弾ける音がした。俯いていた顔が前を向く。

「申し訳ありません。正直に申しますと、茶道は今までに習ったことがなく、お道具も作法も何もかも、今日初めて目にするものばかりです。お見苦しい点が多いとは存じますが、これからしっかり吸収していきたいと思いますので、ご指導ご鞭撻《べんたつ》のほどよろしくお願いいたします」

ハッキリとした声と明るい笑顔、そして背筋をピンッと伸ばして、もう何も隠さずありのままの自分を出した。

これで笑われても、実親から受けていた虐待に比べればたいしたことはない。痛くもないし、ひもじい思いをしているわけでもないのだから、これくらいの嫌がらせ、いくらでも受け入れてみせる。

「さっそくですが、お菓子を食べる時、懐紙はどう持てばいいのですか？　私、こんなに上品で美味しそうな練り切りを食べたことがなくて」

おばあ様に作法を尋ね、懐紙を見せる。私の行動に周りは呆気にとられ、みんな目をパチパチさせていた。

「……その懐紙は……一枚、見せてくれるかい？」

おばあ様にそう言われ、今現在、私の唯一のお守りみたいになっている懐紙を一枚、渡した。それを手に取ると、おばあ様は光にかざすようにして見た。

「家紋の透かしが入っている。この懐紙は、立花が渡したものだね」

「はい、ぜひ使ってほしいとおっしゃってくださいました。この懐紙……紫陽花の模様がとても綺麗ですね」

私がそう言うと、おばあ様は「そうだね。この茶会にぴったりだよ」と言い、言葉を続けた。

「立花は懐紙を収集するのが趣味みたいな男でね。好きが高じて、家紋の入った特注の懐紙を作ったりもしているんだ。その立花が、自分が一番気に入っている紫陽花の懐紙を渡すとは。未奈美さん、あなたずいぶん立花に気に入られているね」

（そうなんだ……。立花さん、お気に入りのものを私にくれたんだ）

立花さんにとって、私は佐伯君が大事にしている人だから、気遣ってくれたのかもしれないけれど……それでも、立花さんの心遣いはものすごく嬉しい。

先ほどまできつい印象だったおばあ様の目が、少し和らいだ気がした。

「まず片ほうの手のひらに、お菓子ののった懐紙をのせる。そしてもう片ほうの手で持った黒文字で、お菓子を一口大に切ってから口に運ぶのだよ」

そう言っておばあ様は私のほうに身体を向け、お菓子の食べ方を教えてくれる。その口調は、とても柔らかい。

言われたとおり、私はできるだけ焦らないよう、ゆっくりと手を動かした。一口食べると練り切りは想像以上に美味しくて、口の中いっぱいに上品な甘さが広がる。

「……美味しい……！」

私の感嘆の声に、女性たちの間からひそかに笑い声が聞こえた。でも、それは先ほどまでの馬鹿にした感じではなく、自然に笑いが出たという雰囲気だ。

「それはよかった。次はお茶を点てるから、よく見ておきなさい」

「はい！」

おばあ様のお点前をしっかりと目に焼きつけようと、手元を凝視する私。それを見て、睡蓮柄の着物の女性がクスッと笑って言った。

「あんなに熱くなって、馬鹿みたい」

ああ、また嫌味を言われた。思ったその時、凛《りん》としたハリのある声がした。

「お黙りなさい。真剣な人に失礼よ」

そう言い放ったのは、お義母さんと同じくらいの年齢の女性だ。お茶会がはじまってからずっと女性たちの様子や言動に注意を払っていたので、なんとなく誰が誰なのか、見当はついていた。

今、注意をしてくれたのは、お義父さんのお姉さんに当たる女性だ。そして先ほどからずっと私に嫌味を言ってきている若い女性は、お義父さんの妹さんの、娘さんだろう。

睡蓮柄の着物の女性はバツが悪そうにして、もう何も語らなくなった。誠さんの苦い顔が、その向こう側に見える。

私の評価を下げたくて仕方がないようだけれど、おばあ様とお義父さんのお姉さんが受け入れてくれた今、もう何も言うことはできないのだろう。

その後、誠さんはずっと静かに私の様子を見ているだけだった。

おばあ様は茶道の基本を熱心に私に教えてくれた。道具の名称や持ち方、さらには飲み方までこと細かにレクチャーをしてもらい、私は必死にそれをこなしていく。

私が末席だったということもあり、最後は初心者の私のための指導にだいぶ時間をかけてもらった。

「今日は普段とは少し違う趣向の茶会になったけれど、まあ時にはこんなことがあってもいいでしょう。本日はこれでお開きにします」

おばあ様の締めの言葉に全員が「ありがとうございました」とお辞儀をして、お茶会は終わった。私は足の痺れと緊張による疲労でふらふらだったけれど、表情を崩さずどうにか耐えた。

最後の人が退出するまで笑顔でお辞儀をし、見送る。相変わらず冷たい眼差しを送ってくる人はいたけれど、優しい笑みをくれたり「頑張ってたわね」と声をかけてくれたりする人もいた。お義父さんのお姉さんも「また会いましょうね」と言って、背中をポンポンと叩いてくれた。

（よかった……佐伯家の人は全員が意地悪なわけじゃない）

そう感じられただけで私の心は穏やかになり、疲れも少し軽減された気がした。

束の間、お茶会をした部屋の隣にある、水屋《みずや》と呼ばれるバックヤードでホッとため息をつく。

「おい」

そんな中、背後で低く冷たい声がした。この声の主はすぐにわかる。誠さんだ。

「なんでしょうか」

「なんだ、さっきのは。言っただろう、皆、忙しい中、茶会に集まり親睦《しんぼく》を深めに来ているんだ。なのに、お前一人で時間を使うなど、どういうつもりだ。図々しい」

私を見下ろす冷たい視線は、軽蔑以外の何ものでもない。でも、たしかに誠さんの言うとおり、会の最後は初心者の私だけのために、皆さんの貴重な時間を使ってしまった。

「それは、本当に申し訳ございませんでした」

「まったく、これだから常識のない人間は嫌なんだ」

本当に申し訳ないことをしたと思ったから、深く頭を下げ謝罪した。しかし、誠さんの気はおさまらない。

おばあ様はお客様のお見送りをして玄関のほうだから、誰も止めてくれる人はいない。こうなれば謝るしかないと何度も頭を下げ、謝罪していると私と誠さんの間に人影が見えた。

「誠、この子のために時間を使おうと決めたのは私だよ。そんなに責めるもんじゃない」

声の主は、おばあ様だった。私と誠さんは驚き、目を見張る。

「ですが、おばあ様。こいつのせいで今日の茶会は台無しになりました。皆、おばあ様と過ごせる時間を楽しみにしていたのに、こんなことになってしまって」

そう言った誠さんは、思いついたとばかりに言葉を続ける。

「そうだ！　後のことはこいつに任せましょう。茶道具の片づけは、見習いにやらせるべきです」

誠さんは私を見下すような目で見て、指をさしてくる。おばあ様はため息を一つつき、誠さんを厳しく見つめる。

けれど、おばあ様が何かを言いだす前に、私が口を挟んだ。

「あ、あの！　私が片づけをします！　道具の名前を覚えるいい機会ですし、やらせてください！」

そう言ったのは本心だ。実際、茶道をやってみてもっと勉強したいと思ったし、この世界のことを知りたいと思った。

誠さんの言いなりになるのは癪《しゃく》だけれど、見習いならばこれくらいは当たり前だ。

「わかりました。では、道具の名称は棚の名札に書いてあるから、それを見ながら片づけるといい」

「はい！　かしこまりました。あの、もしよかったらなんですが……次はお稽古《けいこ》をしに、伺ってもいいでしょうか？　私、もっと茶道のことを勉強してみたいです」

「その心意気はいいね。じゃあ次は、お稽古の時にしっかりと教えてあげよう」

「ありがとうございます！」

朝、私を玄関先で迎え入れてくれた時とは違い、今のおばあ様の瞳はとても優しい。その眼差しは、佐伯君やお義父さんによく似ている。

でも、力強い感じは誠さんかな。やっぱり家族なんだなと、しみじみ思った。

「おばあ様の道具はとても高級なものが多い。まあ、気をつけてやるんだな」

吐くように言葉を残すと、誠さんは水屋から出ていった。おばあ様も「では、この場は任せましょう。わからないことがあったら呼びなさい。私は続きの建物にいるから」と言い、出ていく。

「よし、頑張ろう」

水屋というこの部屋には、ガス台やシンク、冷蔵庫、大きなテーブルなどがある。そして壁一面に、お道具がたくさん並んだ棚が設《しつら》えてあった。見るからに年代ものの木箱が収まっているその光景に、ごくりと唾を飲み込む。

しかし今の私には心強い味方となる、あるものが手渡されている。

初心者でもわかるように、お道具の後片づけの方法やしまい方などが写真つきでこと細かく書かれたノートだ。

『これは豊たちの母親の陽子さんがここに嫁いできた際につけていたノートだよ。初めて来た人でもきちんと片づけができるように丁寧に書かれているから、これを見ながらおやりなさい』と言って、おばあ様が水屋の引き出しから出して、置いていってくれたのだ。一通り目を通したので、あとは流れに沿って細かいところを確認しつつ進めていこう。

まずは人数分の茶碗や、主菓子が入っていた菓子器を慎重に移動させる。次に、お点前で使用したお茶が入っている棗《なつめ》という入れものや茶杓《ちゃしゃく》、水指《みずさし》を運んだ。

あらためて見ると茶碗はどれもがずっしりと重く、高級感がある。品のいい色や形は、いつまでも眺めていられるくらいに美しい。

お茶を飲んだ後に、茶碗の形や柄などを眺める時間というのがあった。これも作法の一環らしい。そういえば事前に調べたネットでは、【ぶっちゃけ、見るふりだけでもいい】なんて書いてあるサイトもあったけれど、私はすっかり茶碗の魅力の虜《とりこ》になっていた。

「今まで、お茶を飲む器なんてなんでもいいと思っていたけれど、柄や形一つで気分が変わるんだな……。私も集めてみようかな」

そんな独り言を呟きながら丁寧に茶碗や菓子器、水指などの陶器類を洗い、テーブルに敷いたタオルの上に並べて置いていく。すぐに箱にしまうと、湿気がこもってよくないそうだ。

それにしても……あらためて、水屋の棚にずらりと並んだ茶道具の箱を見回す。棚に貼ってあるラベルを見ると、特に茶碗が多いようだ。多分、ものすごく高いものだろうなと思われるそれらに、圧倒される。

これはたしかに、誠さんに注意をされるはずだ。もしかすると、美術品と呼ばれるくらいのものまで、あるのかもしれない。

「気をつけて扱わなくちゃ……。えっと、棗はここで……茶杓は……」

ゆっくりと丁寧に、落ち着いて道具を片づけていく。一人で静かにやる片づけは順調に進んでいき、あとは茶碗だけとなった。

そっと棚に戻そうとした時だった。耳をつんざくくらいのけたたましい陶器の割れる音が、室内に響いた。

「きゃあ！　な、何！」

「おい、何事だ！」

いつの間にここに来たのか、誠さんが水屋の入り口にいて憤怒の表情をしていた。彼の足元にはバラバラに割れた陶器の欠片があり、さっきしたのはそれが割れた音だったのだとすぐにわかった。砕けてしまってはいるが、きっとあれは茶碗だ。

「な、ど、どうして！」

「これは……」

誠さんはそう言うと盛大にため息をつき、口角を上げてニヤリと一瞬だけ笑う。その時、悟った。あっ、割ったのはこの人だと……！

でも、証拠がない。

私は自分の目で、この茶碗を割ったのが誠さんだということを見ていない。何も言えずにいると、誠さんは腕を組んで私のほうへ一歩、踏みだした。

「これは、おばあ様がとても大事にしている茶碗だ。お前みたいな一般人には到底、弁償のできない代物だぞ。どうする」

「そんな……」

この人、自分が割ったくせに何を言っているのだろう。言いがかりもいいところだ。ただ、さっきのセリフでこの人の目的がわかった。大切な茶碗を私が割ったことにしておばあ様を怒らせ、この家への出入りを禁止にするつもりだ。

おばあ様の怒りを買えば、私と佐伯家との関係は非常に悪いものとなる。そのうちもっと悪い噂を流して、佐伯君との生活さえも壊そうとしているのだろう。

だからって、こんなことをするなんて間違っている。

（おばあ様が大切にしていると知っているものを、わざと壊すなんて……！）

あまりの理不尽さと自己中心的な考えに、怒りで何も言葉が出てこない。

そんな私の様子を見て、怯えて何も考えられないでいるとでも思ったのか、誠さんは押し殺した声で小さく笑うと、もう一度大きなため息をついた。

「はあ……、こんな時の解決策一つも思い浮かばないのか。お前みたいに貧乏で学のない女が、弟の婚約者？　妻になろうだなどと図々しい。身のほど知らずが」

そう言いながら近づいてくると、私の顎に指をかけ、顔を至近距離まで近づけてきた。目が血走っていて、まるで獰猛《どうもう》な獣に睨《にら》まれているようだ。

「金輪際、弟に近寄らないと約束するのであれば、茶碗の弁償は俺がしてやろう。弟には、俺がもっといい家柄で容姿も美しい女性を選んで、妻に迎える準備をしてやる。だから、もうお前は身を引け」

低く冷たい声でそう言い放ち、目には怒りさえ滲《にじ》んでいる。これは……借金の返済のお金が足りなくて、私に八つ当たりをしている時の両親のようだ。

今までさんざん、この目と威圧的な態度に怯えて暮らしてきた。けれど私には、佐伯君との生活で自分を振り返る時間があった。今の私は、自分を守るためには強い気持ちをもつことが大切だということに、気づいている。

(だから、こんな人には負けない)

唇をぎゅっと噛みしめ、息を呑み込んでから私は口を開く。

「……私に嫌がらせをして、追い出したくなる気持ちはわかります。いきなりこんな得体の知れない女が現れて、大切な弟の婚約者だと言われたら、きっとみんなあなたと同じ思いを抱くでしょう。でも……」

誠さんの胸をめがけて両腕を伸ばし、さほど強くない力で突き飛ばした。こんなことを私が言うのが意外だったのか、彼はあっけなく離れた。そして充分に距離が取れたことで、私は大きな声を出す。

「でも、あなたのこのやり方は間違っています！」

「何……」

「おばあ様が大切にされているとわかっているのに、それを簡単に壊すなんて……人の心がなさすぎます！」

「なんだと……」

強かった彼の目が一瞬、大きく揺らいだ。

「私には何をしても構いません。だけど、家族を大事に思う心があるのなら、その方が大切にされているものや人を、同じくらい大切にしてください。こんなことをして一番悲しむのはおばあ様と……弟のあの人です」

「ぐっ……」

誠さんは顔を真っ赤にして、こめかみあたりから汗が噴き出している。私に言われたことに腹が立ったのか、それとも痛いところを突かれて動揺しているのかはわからない。けれど身体が震えるくらい感情が昂《たかぶ》っているということは、すぐにわかった。

「お前、誰に向かってそんな口の利き方をしている……！」

目を血走らせた誠さんが、手を伸ばして私の胸ぐらを掴んだ。

「言い合っているところ悪いね。入りますよ」

距離を詰められ、腕を振り上げられたその時。水屋の出入り口から、静かな声が聞こえてきた。けれどそれは、この場をおさめるくらいの凛としたものだった。

声の主は、おばあ様だった。

「おばあ様……！」

誠さんはおばあ様の姿を見た途端、顔を真っ青にして私から手を離し、ひどく慌てた様子になった。おばあ様は誠さんを一瞥した後、床に落ちているバラバラに割れてしまった茶碗を見て、私に視線を移した。

「未奈美さん」

「は、はい」

何を言われるだろうか……。茶碗を割ったことを責められるかもしれない。いや、しれないじゃなくて、間違いなく責められるだろう。

(まずこのような状況になったことに対して謝らなければ)

そう思っていたら、おばあ様が私に向かって頭を下げてきた。

「今日は、この子があなたをいろいろと試すようなことをして悪かったね」

思ってもみない言葉に、私は慌てた。

「いえ、そんなおばあ様に謝ってもらうことは何も……！」

低姿勢になり、両手を左右に振る。おばあ様が頭を下げる必要なんて、どこにもないのに！　悪いのは誠さんと、それを止められなかった私だ。

「なっ、おばあ様！　頭を上げてください！」

そう言った誠さんのほうを見て、おばあ様は鋭い言葉を投げかける。

「黙りなさい、誠。誰のために私が頭を下げてると思っている」

そう強く言われた誠さんは、口をつぐむ。私が内心ハラハラしてその様子を見守っていると、おばあ様が静かに顔を上げた。

「私は事前に、この子から『弟が結婚しようとしている相手は財産目当てだ。性根の腐ったあの女を追い出したい』と言われていて。それが事実なのか、茶会で見極めるために、この子の思いつきに加担してしまった。本当に申し訳ないことをしました」

そう言うとまた、おばあ様は深々と頭を下げた。

「そんな……そうお考えになるのは、当たり前のことです。私だって、自分が豊さんにふさわしいだなんて思ってませんし……」

第一、本当のところ私の立ち位置は家政婦だ。このまま浮かれて、ゆくゆくは佐伯君の妻になろうなんて図々しい考えはもってはいけない。

「でも、さっきの言葉は響いたよ。家族を大事に思う心があるのなら、その人間が大切にしているものや人を同じくらい大切に……。そうありたいと思っていても、なかなか言えない言葉だ」

おばあ様は柔らかい表情をしながら、私にそう言ってくれた。そして誠さんに厳しい視線を向ける。

「誠、お前が豊に〝もっといい条件の女性を妻にしてあげたい〟と思いやる気持ちはわからないでもない。弟を大切に思う気持ちは、とても大事なものだ。でもね」

そう言いながら誠さんの前まで歩き、彼の腕を掴む。

「お前のやってしまったことは、人としてあまりにも浅はかで醜いことだよ。なんの落ち度もない未奈美さんを、傷つけたのだから」

彼の腕を手でしっかり掴み、伝えようとしている姿は、幼い孫を叱《しか》る祖母そのものだ。ただ、誠さんは俯いてしまい、おばあ様と目を合わせようとはしていない。

「これ以上、醜態を晒したくないのなら、二度とこんな恥ずかしい真似はするんじゃないよ」

「……はい」

誠さんはぽつりと返事をすると、意気消沈したまま一人、玄関へと廊下を歩いていってしまった。

その後ろ姿を見届けると、おばあ様は私のもとに近寄り、優しく肩に手を置く。

「未奈美さん、怪我はないかい？」

「は、はい。大丈夫です」

（よかった……。誤解はすべて解けたみたい）

心底安堵した私を見て、おばあ様は親しみを込めた顔を向けてくれた。

「それにしてもまあ」

水屋の中を見回して、おばあ様は感嘆の声を上げた。

「茶道に触れたのは今日が初めてだっていうのに、綺麗に片づけたもんだねえ。感心したよ」

そう言うと、おばあ様は私を見てにっこりと微笑んだ。

「これは、ご褒美をあげなくちゃね。今度、私が若い頃に着ていた着物をプレゼントしよう。次はそれで茶会に参加しなさい。あなたは筋がいい。すぐに上手になるよ」

「ほ、本当ですか！　ありがとうございます！」

次の参加を許されて、着物までいただけるという。なんて嬉しいことだろう！

ご両親だけでなく、おばあ様にまで認めてもらえて、私の心はつい有頂天になってしまう。

佐伯君との関係を、これからどうしたらいいのか。まだ自分の中で明確になってはいないけれど、また人に認めてもらえたという事実は、天にも昇るくらい嬉しかった。

彼といると、どんどん自分の人生が色づいていく気がする。達成感と幸福感を同時に得られることなんて、今までになかった。

それから、粉々になった茶碗の破片を集め、少し残っていた片づけをおばあ様と終えた私は、佐伯家を後にした。

玄関を出ると、心配そうにして立花さんが待ってくれていた。帰りの車内で、立花さんの懐紙のおかげで乗り越えられたことがたくさんあったとお礼を言うと、とても嬉しそうな顔をして話を聞いてくれた。

家に着いたら一日の疲労がどっと出てきて、夕飯も食べず泥のように眠った。

佐伯君が出張から帰ってくるのは、お茶会の三日後だ。


いよいよ佐伯君が帰ってくる。メールで【未奈美の手料理が恋しい】と言っていたから、いつもより張りきって夕食の用意をする。

そんな時、ふと気づく。自分は、彼に恩人以上の感情をもっているということに。

彼に報いようとしていると思っていた心は、いつの間にか違う特別な感情に変わっていた。彼のご両親やおばあ様の温かい情に触れて、もっと認めてもらいたい、役に立ちたい、という目標もできた。

(こんな気持ち、佐伯君と出会わなければ経験できなかったな)

今、彼の姿を見たら、この感情の名前をハッキリと言葉にしてしまいそうだ。だから私は、彼が帰ってくるのをこんなに待ちわびている反面、いけないことをしてしまいそうな罪悪感で、ソワソワしている。

「……もうそろそろ、帰ってくる……」

佐伯君からは夜の八時までには帰ると連絡があった。今、キッチンでは佐伯君が好きだと言っていたチキン南蛮《なんばん》の用意ができている。

彼の喜ぶ姿を思い浮かべるだけでこんなに幸せな気持ちになれるなんて。この感情も、生まれて初めてのものだ。

今までは両親と一緒に住んでいても、金の亡者と過ごしているという虚しい感覚しかなかった。でも今は、彼と一緒に暮らしてご飯を食べたり話したりするだけで、心が満たされる。

ただ、彼はテーマパーク事業が忙しくて連日遅い。だから、余計に寂しくて恋しく感じるのかもしれない。

キッチンに立ち、あとは盛りつけるばかりとなった料理を眺めながら気持ちを持て余していると、インターホンが鳴った。

「帰ってきた……！」

一気に心臓が跳ね上がり、スリッパの音を鳴らして早足に玄関へと迎えにいく。ドアを開けると、満面の笑みの佐伯君がキャリーケースの取っ手を持って立っていた。

「お帰りなさ……」

「ただいま！　未奈美！」

私の声を遮って、佐伯君の大きな声が玄関に響く。私は呆気にとられた後、思いきり笑ってしまった。

「元気そうでよかった。おかえりなさい、佐伯君」

「未奈美の顔を見たら、疲れなんか吹っ飛んだよ。未奈美は……」

佐伯君はそう言いながら玄関に入ると、私の顔を覗き込む。そして一瞬で怪訝《けげん》な顔つきになった。

「未奈美……なんだか疲れてない？」

「そ、そうかな」

「うん、笑顔に明るさがない。どうした？　何か嫌なことでもあった？」

彼の言葉にドキッとしてしまう。実は、お茶会のことを彼に言おうかどうかずっと悩んでいたから。それが顔に出ていたのかもしれない。

心配させてはいけないと頑張って笑顔を心がけていたはずなのに、いとも簡単に彼は見抜いてしまう。

「……佐伯君は、すぐそういう変化に気づいてくれるんだね」

「えっ？」

私が呟いた独り言に彼は気づかなかったようだ。ただ、私の些細《ささい》な変化でも見抜いてくれる佐伯君に、嬉しさが止まらずにやけてしまいそうになる。

「ううん、なんでもない。本当に何もなかったよ。大丈夫」

お茶会のことはまた、タイミングを見て話せばいい。

「そっか。でも、どんなことでもいいから、思うことがあったら言ってくれ」

「ありがとう」

この人は、私のことを本当によく見てくれているな。これほどまで気遣ってくれる人は、きっともう現れないだろう。

はじまりは、お金で買われた家政婦だと思った。

彼の愛情は、本当は同情かもしれない。

将来は、離れ離れになるかもしれない……。

でも今、目の前にいるこの人に、自分の気持ちを話して傷つくことになったとしても、きっと後悔なんてしないだろう。

ただのお金で雇われただけの関係なんて、もう思えない。ちゃんと……答えを出さなければ。

第五章

おばあ様のお茶会があった日から二週間が経った。今は梅雨本番で、毎日しとしとと降る雨がずっと続いている。

特に湿気が多い日は頭痛がひどい。今日もこめかみあたりが痛いなあと思いながら、乾燥機にかけた洗濯物をたたんでいた。

それでも、毎朝元気いっぱいな佐伯君の笑顔を見たら、頭痛は楽になる。私にとって彼は何よりも効く万能薬なのかもしれない。

その彼は今、マンションの住人だけが使えるジムに行っていて、ここにはいない。運動は気分転換になるし、ライフワークの一つだと言っている彼は、休みの日の午前中はだいたいジムに通っている。

今日もお腹を空かせて帰ってくるだろうな。何を作ろう。鶏の唐揚げでも作ったら喜んでくれるかな。お味噌汁にはこっそり、彼が苦手な椎茸《しいたけ》を刻んで入れてみようか。佐伯君、気づくかな。気づいたとしても、ちょっと困った顔をしながら、美味しいって言って食べてくれるだろうな。

そんなことを考える自分がおかしくて、笑いが零れそうになった時だった。家のインターホンが鳴り、誰だろうと通話をタップする。

すると、出てきたのは久しぶりに聞くあの声と姿だった。

『俺だ』

ドクン！と心臓が重い音を鳴らす。身体も驚いて硬直してしまった。

家を訪れてきたのは佐伯君のお兄さん、誠さんだった。

「お義兄……さん」

震えた声で答えても、誠さんからの返事はない。いったいなんの用だろう。

また、前のようなお茶会の誘いか、それとも新たに私をいじめる案を思いついてやってきたのだろうか。

何を言われても凛とした姿勢でいよう。そう決め、息を呑み口を開く。

「な、何かご用ですか……」

『先日の茶会の件で謝罪に来た』

「えっ……」

これには違う意味で驚愕して目を見開いた。私を責める暴言を吐きにきたのではなく、まさかの謝罪だなんて……！

驚きのあまり固まってしまい、今度は私が返事をできない。誠さんは咳払いをすると、しっかりと画面を見つめこちらに話しかける。

『ちゃんと顔を見て謝罪したい』

「……わかりました。どうぞ」

まさか、あの誠さんが私にしたことを反省して、謝りたいだなんて。どういう心境の変化なのかわからないけれど……やはり彼も、あの優しい佐伯家の一員なのだ。

彼は大切な弟の害になると考え、私を遠ざけた。あんなにひどいことを思いついて実行したとはいえ、弟思いで根はいい人なのだろう。

(本当に誠意のこもった謝罪なら、お茶会のことは水に流して彼を受け入れよう)

自分にそう言い聞かせ、誠さんを家に招き入れた。

そうは言っても誠さんを見て思い出すのは、私を軽蔑する目つきと言葉ばかりだ。だから、すっかり不安が消えたわけではない。

「豊は今、ジムだろう?」

玄関で靴を脱いだ誠さんが、私に尋ねた。佐伯君のジム通いはほぼルーティンだから、誠さんがそれを把握していてもおかしくはない。

「はい、そうです」

実を言うと私はまだ、お茶会のことを佐伯君に話せていない。あまり楽しい話題ではないので、切り出すタイミングを逸しているのだ。だから彼がジムに行っている今という時間は、私にとって都合がよかった。

とはいえ、誠さんと二人きりで話すのは正直、気乗りがしない。

（ただ、今日は私に直接謝罪をするために、わざわざ家にまでやってきてくれたんだから。きちんと向き合わなくちゃ）

そう思っていた。

しかし、彼はリビングに足を踏み入れた途端、私の手首を力強く握った。咄嗟に振り払おうとしても、その手は離れない。

「あの時はよくも、恥をかかせてくれたな」

「えっ」

誠さんの顔はお茶会の時に見た表情と一緒だ。いや、今日はそれ以上に焦り、怒りが滲み出ているようにも見える。私は一気に冷や汗がどっと出て、身体が震えだした。

「謝罪に来たんじゃないんですか！」

「お前に頭を下げるわけがないだろう、この俺が。佐伯家の長兄の俺が、卑しい女に謝罪などありえない」

「じゃあ、今日は何をしに来たんですか！」

眼鏡越しに見える私を見下している目は赤く充血していて、平常心が欠落していることはすぐにわかる。

怖い……。この感情は知っている。両親に暴力を振るわれそうになった時と、まったく同じだ。

もう一度力を込めて手を振り払おうとするけれど、私の力などではびくともしない。離れようともがくほど誠さんの力は強くなり、私は両手首を彼に掴まれ、拘束されてしまった。

「は、離して……。どうしてこんなことをするんですか……」

恐怖のあまり涙声でそう言うと、なぜか誠さんの目は泳ぎ、狼狽《うろた》えた。

「わからない……茶会のあの日から、お前のことが頭から離れないんだ」

「えっ……」

信じられない言葉を吐く誠さんの声は小さい。本当にわからないといった感じだ。

私も彼の言ったことの意味がわからなくて、瞬きを繰り返すことしかできない。

けれどすぐにまたきつい目つきになった誠さんは、私を見下ろす。

「それはきっと、お前に恥をかかされたからだ。だから、お前が弟と結婚することが、こんなにも我慢がならないんだ。だから、だから……お前は、俺の妻になればいいんだ……！」

「ど、どうしてそんな考えになるんですか！」

理解ができず、大きな声を出してしまう。佐伯君と別れろというのなら、まだわかる。けれど『俺の妻になればいい』なんて、なぜそんな思考回路になるのかまったくわからない。

「お前は……お前は俺に惚《ほ》れたんだ。だから、弟との結婚を破談にするため、今回のような騒動を起こした」

言っていることが、意味不明だ。そういう筋書きにして、兄である誠さんの失態をなかったことにしろっていうこと？

「そんな、何を言っているんですか。私、今回のお茶会でのこと、誰にも口外していませんし、これからも言うつもりはありません。だから、もう私に関わらないでください！」

この人、絶対に考え方がおかしい！　こんなことなら家になど上げず、もっと警戒するべきだった。そう後悔しても、もう遅い。今は一刻も早く帰ってもらわないと、このままではこちらの身が危ない。

「うるさい！　このままじゃ、俺の気持ちがおさまらない。お前が一緒にいれば、このもどかしさもなくなるはずなんだ。だから、俺と結婚をしろ。お前は、俺の人生に必要な女だ！」

「いっ、嫌！　やめて！」

誠さんは私の両手首を掴んだまま一方的に歩みを進め、私を床に押し倒す。リビングに二人の身体が倒れる音が響き、誠さんが私に覆い被さる体勢になった。

「どうして嫌がる。お前は豊のことなんて、どうとも思っていないのだろう？　金のために弟と一緒にいるのなら、豊より財力のある俺のほうがいいじゃないか」

天井のライトが誠さんで隠れ、私の視界は彼でいっぱいになった。怖い……力では敵わなくて、どう抵抗しても全部かわされてしまう。

でも、どれだけ力を込められても、自分の気持ちだけは絶対に揺らぐことはない。

「わ、私は……お金のために、あの人と一緒にいるんじゃない……」

「じゃあなぜ、豊の妻になることを選んだ。顔か？　顔ならば俺も似ているだろう。なんの問題もない」

まったく不可解だという表情をして、誠さんが私を見据える。

「ち、違います！　顔とかお金とかそんなんじゃない。それに……あの人とあなたはまったく似ていない。佐伯君は、あなたのような最低な人じゃない！」

恐怖から涙が出て視界が滲んでくる。でも、自分の気持ちに嘘はつきたくなかった。彼じゃなきゃ嫌だ。佐伯君じゃなきゃ、絶対に嫌だ。

（誠さんに触れられている部分が気持ち悪い。一刻も早く、この人から離れたい！）

強い瞳で睨むと一瞬、誠さんが怯んだ気がした。

「じゃあ……あいつはお前のなんだ。金や顔以外に、豊になぜ必要性を感じている」

「それは……」

本当はこの気持ちを言葉にして一番に伝えたいのは、佐伯君だ。口にしようとすれば身体が熱くなり、火照ってくる。

だけど、言わなくちゃ。私が今、どれだけ彼のことを本気で想っているかということを。ハッキリ言葉にしなければ今の誠さんには絶対に伝わらないし、私を離してはくれないだろう。

でも恐怖で震えて、言葉がうまく出てこない。歯があたってカチカチと鳴り、意思とは反対に言うことを聞いてくれない。

なかなか言葉を発しない私に痺れをきらした誠さんは次の瞬間、私の着ていた服に手をかけ、乱暴にめくり上げようとした。

「いやぁぁっ！」

「お前は俺を……俺を好きになればいいんだ！」

（嫌だ……怖い……！）

「……佐伯君……佐伯君！　助けて！」

足を動かして必死に抵抗し、ここにはいない彼の名前を呼ぶ。呼んでもここにいないことはわかっているのに、無我夢中で佐伯君の名前を呼び続けた。私が暴れたことで誠さんの眼鏡がどこかへ飛んでいき、カシャンと音をたてた。

「……うるさい！　黙れ！」

「嫌！　助けて！　佐伯君！」

誠さんの瞳の奥に、強い感情が見えた時だった。バンッ！という大きな音を鳴らして、リビングのドアが思いきり開いた。

それに驚いて、私と誠さんは音の鳴ったほうを向く。そこには、鞄《かばん》を落として呆然と立っている佐伯君の姿があった。

「兄さん……未奈美……何をしているんだ……」

「佐伯君……！」

帰ってきてくれた！　佐伯君が帰ってきてくれた……。彼の姿を見て、名前を呼んでもらっただけで恐怖心は一切消え、とてつもない安心感に満たされる。

私の目からは涙が溢れて、止まらなくなった。

「未奈美……泣いている？　兄さん、未奈美に何をしているんだ！」

私が泣いているのを見ると、佐伯君はものすごい勢いでこちらに来て、私に覆い被さっていた誠さんを強引に引き離した。

そしてすぐに私を強く抱きしめてくれた。

私の視界は佐伯君でいっぱいになり、彼の温もりに包まれていると、もう嗚咽《おえつ》を漏らさずにはいられなかった。

佐伯君は、涙を流し嗚咽する私を誠さんから隠し、守るようにして抱きしめ、離さない。私も彼から一ミリも離れないように、思いきりしがみついた。

その様子を見て、誠さんは心の底から絞り出すような声を漏らした。

「前も言っただろう。この女はお前にはふさわしくない。だから……だから、俺がもらってやるんだ」

「……はっ？　兄さん自分の言っていることがわかっているのか？　それに今、未奈美に何をしようとしていた……！」

佐伯君の語尾がだんだんと強くなる。こんなに怒っている声は聞いたことがない。

そして彼に強く抱きしめられている私は、泣いているせいもあってうまく息ができなくなってきていた。

涙が止まらなくて、過呼吸みたいになって息が苦しい。けれどこの温もりから離れたくなくて、佐伯君にしがみついたままでいる。

そんな私たちに、誠さんが近づいてくる足音が聞こえた。

「簡単な話だ。お前より俺のほうが金もあるし地位もある。こいつは金がある男がいいのだろう？　それならば、俺のほうがいいじゃないか。こんな育ちが悪い女は、俺が一から教育しなおしてやる。豊、お前にはもっと家柄のいい女を紹介してやろう。だから、その女を俺によこせ」

勝手なことを……！と言い返したいけれど、泣きすぎて意識が朦朧《もうろう》としてきた私は、うまく言葉が出てこない。息遣いが荒くなり、胸が苦しい。

佐伯君に助けを求めて顔を上げるけれど、彼は誠さんに軽蔑の視線を向けていて、私の無言の訴えには気づかなかった。

「未奈美は俺の妻になる人だ。誰にも渡さない……絶対に！　兄さんでも！」

ああ、なんて嬉しいことを言ってくれるのだろう。何ももっていない取柄のない私にここまで言ってくれる人は、佐伯君だけだ。

（好き……佐伯君のことが大好き）

そうハッキリと自分の気持ちを自覚した瞬間、目の前が真っ暗になり全身の力が抜けた。

「未奈美……未奈美！」

佐伯君の私を呼ぶ声が聞こえる。けれどそれ以降は何も聞こえなくなり、私の意識はそこで途切れた。


意識の飛んだ私が目を覚まして見たのは、真っ白な天井だった。そして次に、消毒剤のような独特の香りを感じた。

だからすぐに、自分が病院のベッドに寝ているのだと気づいた。

「あっ……私……」

「未奈美、目が覚めたのか？」

小さくかすれた独り言にすぐに気がついてくれたのは、佐伯君だ。私の視界は真っ白な天井から、彼の顔でいっぱいになる。

「佐伯君……私……どうなったの？」

「多分、極度の緊張から気を失ってしまったんだと思う。すぐに佐伯家のかかりつけの病院に来て、さっき先生に診てもらったよ。緊張と恐怖を感じたせいで呼吸は荒くなっていたけど、他はどこにも異常はないから大丈夫だって」

「そう……迷惑をかけてごめんなさい」

やっぱりここは病院だったのだ。そして部屋を見回す限り他にベッドはないので、個室なのだろう。医師の診断どおり、私はあの場の極度の緊張や恐怖に耐えられず、意識が遠のいてしまったようだ。

両親から虐待を受けていた子どもの頃にも時々、こうして現実から目を逸らすようにして、気を失っていたことを思い出した。

嫌な記憶だ……。でも、今は私を守ってくれるこの温かい手があるから、大丈夫。

佐伯君は、ずっと私の手を握っていてくれたのだろう。しっとりと手汗をかいていた。

そんな彼は、瞳を滲ませながら私を見つめ、後悔の表情をしていた。

「ごめんなさいだなんて、謝らないで。謝らなきゃいけないのは、俺のほうだ。ごめんね、本当に……怖かっただろう」

「あの……お義兄さん……は？」

誠さんの顔を思い出すだけでも背筋が凍り、汗が噴き出てくる。まだ怖い気持ちは残っていて、つい佐伯君の手を力強く握りしめてしまった。

佐伯君は私の手の力に気づき、両手で包んでくれる。それだけでホッとした。

「キミが倒れた後、すぐ両親に電話をした。兄さんがキミにしたことや俺に向けた言葉は、すべて話したよ。二人は血相を変えて、兄さんを迎えにきた」

誠さんは私が倒れたことで冷静さを取り戻し、呆然としてその場に立ちつくしていたという。ご両親は、そんな誠さんを連れて言葉少なに帰ったらしい。

「実は母親が、未奈美のことを心配してさっきまでここにいたんだ。でも俺がもういいからと言って、帰ってもらった」

「そう……。お義母さんにも心配をかけてしまったのね」

ご挨拶に行った時に一度話しただけだけれど、お義母さんはとても心の優しい人だ。実の息子が私を襲おうとしたことや、佐伯君に言い放った無茶苦茶な話を聞いて、どんな気持ちになったか。

きっと、かなり傷ついたはずだ。お義母さんの気持ちを考えるだけで、胸が痛い。私は彼の顔を見られなくなって、目を伏せてしまう。

佐伯君は何も言わず、そっと私の頭を撫でてくれた。

「両親はおばあ様から、兄さんが未奈美をよく思っていないということ、事前に聞いていたんだ。ただ、時間をかければきっと、理解してくれる。そう思って様子を見ていたらしい」

　そして「お茶会のことも、すべて聞いたよ」と言った佐伯君は、苦痛に満ちた顔をしてご両親の言葉を私に伝えてくれた。『こんなことになるなら、様子見なんてせずもっとしっかりと向き合っておけばよかった。未奈美さんには、本当につらい思いをさせてしまい、いくら謝っても謝りきれない』と言って悔やんでいたらしい。

「これからは両親が兄さんを見張ってくれるから、心配ない。もう兄さんがキミに危害を加えることは絶対にないよ」

「そう……よかった。こんなことになって、ご両親もとてもショックだったよね……」

　私の存在がきっかけとなり、佐伯君の家族に不和をもたらしてしまった。そう思うと、どうしようもなく悲しくなる。どうして、こんなことになったのだろう。

私が佐伯君のところに来なければ、こんなことにはならなかった。私がいなければ、誠さんもあんな考えに至って、それを行動に移すことはなかった。

（もしかすると、私は疫病神というやつなのかもしれない……）

　私は……佐伯君のもとにいてはいけないの？

　離れなければ、彼は不幸になってしまう……？

佐伯君への正直な気持ちを自覚した途端、離れることを考えなければいけなくなるなんて……。

（やっぱり、私は自分の幸せを望んではいけないのかな）

下唇を噛みしめて涙を我慢していると、私の頭を撫でていた彼の指が目尻に溜まった涙を拭《ぬぐ》ってくれた。

「ごめん……こんなことになって、本当にごめん……」

「違う、違うよ……。佐伯君は悪くない。私が悪いの。私が、佐伯君のところに来なければ、こんなことにはならなかったの」

「違う。俺だ。俺のせいだ。俺が未奈美を危険な目にあわせてしまったんだ」

私の涙を拭う彼の指は震えている。そして、声も。

佐伯君、泣いている？ 彼は自分を責めて泣いているんだ。

「大丈夫、私は大丈夫だよ。だから、もう泣かないで」

私が涙を浮かべるほど、彼は後悔をして自分を責めてしまう。本当なら一番ショックを受けているはずなのに、私のために泣いてくれている。

そんな彼を見ていたら私の涙は引っ込み、両手を伸ばして佐伯君の頬を包んでいた。

「それより、助けてくれてありがとう」

「未奈美は大切な人なんだ。助けるのは当たり前だよ。怖い思いをさせて、本当にごめん……ごめんよ」

佐伯君は自分を責めるように、ずっと私に謝っている。この人は本当に私を大切に思ってくれているのだ。

その心が、ひしひしと伝わってくる。だから私は、この人に惹かれたんだ。こんなにも私を大切にしてくれる人は、今までにいなかった。

だけど、佐伯君は……？　今、私に好意をもってくれていることはわかる。けれど、それはいつからなのだろう。

そういえば、私はそれをハッキリと聞いたことがなかった。

私は佐伯君の頬に伝う涙を拭き、その腕を掴んで口を開いた。そして以前にも問うたものの、はぐらかされたままになっていたことを今また、彼に聞く。

「あの……。前にも聞いたと思うけど……。ただの同級生だった私に、どうしてここまでしてくれるの？」

「それは……だいぶ昔の話をすることになるけど、いい？」

涙目だった彼の瞳に輝きが戻ってきた。

「昔？　小学生だった頃？」

佐伯君は照れ臭そうな顔をする。そしてまた私の手を掴むと、椅子に座りなおした。

「うん、そうだね。俺たちが小学六年生だった頃のことになるんだけど……。同じクラスだったことは、覚えてないんだよね」

「うん……ごめんなさい」

当時は、生きることに精いっぱいだった。施設と家の行ったり来たりを繰り返している間に、義務的に通っていたという記憶くらいしかない。楽しみといえば、大好きな本を無料で読める図書室があったことくらいだ。

正直なところ、学校に行く一番の理由は給食を食べることだった。家では、ろくなものを食べられなかったから。

そして誰とも関わろうとせず壁を作っていたので、友達はいなかった。

「いいよ。それだけ、家が大変だったってことだろ。キミは大変な思いをしていたから思い出したくもないだろうけど、俺にとって小学六年生のあのひとときは、忘れられない思い出なんだ」

「私……あなたに何かしたの？」

申し訳なさそうにしながらも、どこか幸せそうな表情をする佐伯君の顔から目が離せない。

（こんな私が、いったい彼に何をしたんだろう）

ドキドキが止まらず、口の中が渇いてきた。

「うん。キミはね、俺の人生をガラリと変える、大きなことをしてくれたんだ。あの時、未奈美がいてくれたから今の俺があるといっても過言じゃない」

「えっと……そんな大それたことをした覚えは、ないけれど……」

だんだんと目の輝きが戻ってきた佐伯君は、当時のことを思い出しているのか頬が赤く染まっていく。壁や天井が真っ白なこの病室だから余計、そう見えるのかもしれないけれど。

「もしかすると、未奈美にとってはたいしたことじゃなかったのかもしれない。でも、俺にとっては大切なことだったんだよ。それに未奈美と過ごす図書室も、俺にとってはかけがえのない空間だった。あの時だけは時間が止まってくれないかと、初めて神様にお祈りしたよ」

テンションが上がってきたのか、佐伯君の声も大きくなってきた。ここが個室でよかったと思うと同時に、図書室というワードが記憶に引っかかる。

私、図書室で誰かと話したことがなかったっけ……と、一生懸命記憶をたどってみる。なんとなく、一人じゃなかったことがあったような気がしてきた。

わずかではあるけれど、そんな覚えがある。クラスの男の子が、話しかけてきてくれたことがあったような……。ぼんやりとだけれど、そんな思い出が自分の中にはたしかにある。

「図書室……少し……記憶があるかも。たまに話しかけてきてくれた男の子……？」

あの頃の私に、好意を抱いてくれていたというのだろうか。当時の私は自分で何度も手直しをしたボロボロの服を着て、髪はぼさぼさで身体も細くて笑顔なんて見せない、なんの魅力もない女の子だったはず。

そんな私に好意を？と思うと、不思議でしょうがない。理解しがたいといった感情が顔に出ていたのか、佐伯君はクシャッと笑って私の頭を撫でた。

「ハハッ。ちょっとでも記憶に残っているのかな。なら嬉しいんだけど。それよりも、俺にとっては別の事件のほうが大切なんだ」

「事件……？」

「あのね、俺にとってキミはずっと気になる存在だったんだ。子どもの頃の俺はただ未奈美のことが知りたくて、教室でも図書室でもずっとキミのことを見ていた」

「私を……ずっと……？」

全然気づかなかった。教室でも図書室でも見てくれていたなんて。どうして私にはその記憶がないのだろう。悔やまれるし、覚えていない自分にとても腹が立ってくる。

困惑した顔や、悔やんでいる顔をしている今の私はきっと百面相だ。そんな私を嬉々とした表情で見つめながら、佐伯君は続きを話してくれる。

「未奈美のことを一生守ろうと自覚したのは、ある事件がきっかけなんだよ」

その口調はとても柔らかく、愛おしささえ感じる。今度は高揚する気持ちが抑えられない。自分の本当の気持ちを自覚してから向けられる好意には、こんなにも破壊力があるんだ。

「俺は金持ちの息子だって有名でね。自分では普通の小学生のつもりだったんだけど、周囲はそうは見ていなかったみたいで……。高学年になると、一部の男子のいい金づるになっていたんだ」

「そんなことが……」

理不尽なことで攻撃されるのは、一番腹が立つし許されないことだ。それを、私は身をもって知っている。彼もそういう経験をしたのかと思うと、怒りが込み上げてきて仕方がなかった。

佐伯君は苦笑いをしながら、困ったような表情になって続きを話しだした。

「あいつらは毎日、放課後になると金欲しさに脅すようにして群がってきていたから、俺はびくびくしていてね。情けないだろ」

「……大勢の人間が寄ってたかって自分をいじめてくるんだもの。怖くて当たり前だよ。ご家族には相談はできなかったの？」

あのご両親や弟を溺愛《できあい》する誠さんなら、飛んできて助けようとするはずだ。それこそ、転校という手段だって取れたはず。けれど佐伯君は首を左右に振り、また苦笑いをする。

「俺の意思で公立に行きたいって言ったから、弱音は吐けなくて。それに心配もかけたくなかった。いい解決法もわからず、ずっと一人で我慢をしていた。だから、俺はあいつらの言いなりだった」

そう言った彼の顔は、ずっと孤独で理不尽な虐待を我慢していた昔の私に似ている。そんな瞳をされると、彼を守りたいという衝動に駆られる。

だけど彼は突然、いつも私を見つめる明るい顔になり、一気に笑みが戻る。私はびっくりして目をパチパチさせてしまった。

「でも、ある日、その現場を見たキミが、大声を出して助けてくれたんだ」

そう言った佐伯君は、続けて「普段、ほとんど声を発しないキミが。喋ったとしても下を向いて小さい声で話す、キミがだよ！」と興奮気味につけ加えた。

「私が……そんなことを？」

身に覚えがあるようなないような……。とても複雑だ。当時の私はただのクラスメイトの佐伯君に、本当にそんなことをしたのだろうか。

ただ、彼の表情を見る限り、どうやらそれは本当にあったことらしい。佐伯君の熱心な〝昔話〟には、勘違いや誇張は入っていないと感じられる。

「それでやつらは逃げていき、金は取られなかった。学校生活に嫌気がさしてどうしようもない俺を救ってくれた、未奈美は俺の英雄だったんだ。だけど……」

「だけど？」

急に言葉の歯切れが悪くなり、彼は後頭部を手で掻きだした。すごく恥ずかしそうにして、次の言葉を続けにくい様子だ。

でも話の続きを期待している私の表情を見ると「ハハッ」とか細く笑いながら、口を開いた。

「……その時、助けてくれたお礼にと、手に持っていたお金を渡そうとしたら、未奈美に叱られたんだよ」

「えっ！　私が佐伯君を⁉」

ベッドに横になっていた身体を起こしてしまうくらい、驚いた。当時の私ったら何を考えていたのだろう。まさか、佐伯君を叱るなんて信じられない。私が彼に偉そうに何かを言うなんて。

でも、佐伯君はぶれない瞳で私を見つめる。本当に英雄を見つめるみたいに。

「ああ、もう正論をぶつけられて、ぐうの音も出なかったよ。そして、この子の言うとおりだって思った。学校生活に嫌気がさしていたのは、やつらのせいではなく、自分自身の責任だったんだって気づいた」

「本当に……私が佐伯君を叱ったの？」

信じられなくて何度も聞くけれど、そのたびに彼はしっかりと頷く。本当にそんなことを言ったのか……と頭がやっと理解して、恥ずかしさで穴があったら入りたくなる。当時の私、何様のつもり⁉

「その時、目が覚めたんだ。いつまでも流されちゃいけない。自分で頑張らなきゃ、現状を変えることはできないって。それを未奈美に教えてもらったんだよ」

そして「あと、お金の大切さもね」と佐伯君がつけ足す。

「そんな……。偉そうにごめんなさい」

状況がどうであれ、自分が人に説教できるほどの人間だなんて思ってはいない。だから謝ったのに、佐伯君は首を振って「謝らないで」と何度も言ってくれた。

「それから俺は毅然《きぜん》とした態度をとって、あいつらに金を渡さなくなった。そして本当の意味で仲のいい友達を作ることができたんだ。もっとキミと仲良くなりたい、お礼を言いたい、そう思ったんだけど……それ以降キミが学校に来ることはなかった」

少し切ない顔をした佐伯君は、あらためて力強い瞳で私を見つめる。

「それで俺は、キミを幸せにしたいと心から願ったんだ。でも、今のままではダメだということに気づいた。だからもっと大人になり、社会的な力をつけようとがむしゃらに頑張ってきた」

一気にそう伝えると、一呼吸おいて私の手を強く握った。

「いつでもキミを助けられる、恥ずかしくない男になるために」

「私……のために……？」

「ああ、あの頃から俺の頭の中にはいつも未奈美がいるんだ。キミを笑顔にしたい。それが俺の原動力だよ」

そんなことを言われたら、全身から湯気が出てきそうなくらい熱くなる。まともに佐伯君の顔を見られない。でも、彼の瞳と手が熱くて、本当に私のことを思ってくれているのだとそれは伝わってきた。

「そのために猛勉強をしたよ。勉強はあまり得意じゃないからつらかったけれど、それで努力することを覚えた。俺の人生は、キミのおかげで変わったんだ」

「私はそんなことを言ってもらえるような人間ではないよ。だって、あなたがいなければ、私はずっとあのままだったんだから」

そう、彼が努力をしている間、私は自分の人生は終わっていると思っていた。生まれてきた意味が見いだせないまま、一生を終えるのだろうと日々を過ごしていた。

彼は、そんな絶望の淵《ふち》にいる私を救ってくれた。私のほうこそ、佐伯君のおかげで人生が変わったのだ。

それを感謝の言葉とともに口にすると、彼は「そのことなんだけどね」と言って、なぜかバツが悪そうな顔をした。不思議に思い首を傾けると、彼は一度俯き、そして真っ直ぐに私を見た。

「実は未奈美を助けにいく時、すごく悩んだんだ。今回は自分で稼いだ金だけど結局、金で解決をするのだから、小学生の時と同じことを繰り返しているんじゃないか。もっと違うやり方があるんじゃないかって、何度も自分に問いかけた」

続けて「……それに小学生の頃から好きだったなんて言ったら未奈美は引くと思ったから、ずっとはぐらかしてた。ごめん」そう言って彼は私に謝ってくる。

「そんな。私は、本当に助かったと思ってる。あなたが来なければ、私は逃げだす勇気もなくて、両親の言いなりの人生を送るしかなかったから。本当に……助けてもらえてよかった。それに、ずっと好きだったって言われて、嫌な気なんてしないよ」

自分の声が届くように佐伯君のほうに身を乗りだした。絶対にこれだけは伝えたいと思ったから。

「でも、自分はお金で買われたと思っていない？　傷ついていない？」

たしかに、私ははじめそう思っていた。それに、彼の愛情はきっと同情からくるものだとも考えていた。

「ずっと……ずっと気になっていたんだ。結局はお金で解決をしてしまったから、そのせいで未奈美は自分の思いを俺に吐き出すことができないんじゃないかって。遠慮をしているんじゃないかって。本心を聞くことが怖かった」

佐伯君はそんなふうに思っていたんだ。私が、お金で買われた住み込みの家政婦だから、彼の優しさを愛情だと勘違いしちゃダメだと思っていた時に、彼も同じく葛藤《かっとう》をしていたなんて。

しかも、こんなに悲しそうな顔をするほどまで気にしてくれて。本当に……優しくて愛が深い人だ。

「ううん、傷ついてなんかいない。反対に、こんなによくしてもらって申し訳ないと思ってる。私はあなたに何もしてあげられていないのに」

首を何度も左右に振り、今の自分の気持ちを打ち明けようか悩んだ。あなたのことを、好きになりましたって。

佐伯君の過去の話を聞いて、さらに気持ちは大きくなっている。

（でも、私は本当に彼にふさわしい人間なのかな……）

彼の言葉は本当だ。彼が私に注いでくれている感情は、同情ではなく、間違いなく愛情だということがわかった。

けれど……今の私には、思いを伝える勇気が出ない。

もしも私に仲のいい友達がいたなら、相談できたのに。きっと「ああもう、じれったい!! 両思いなんだから、さっさと自分の気持ちを伝えたらいいじゃない」なんて言われてしまうに違いない。

でも、ずっと恋などをする余裕もなく生きてきた私は、初めての恋愛感情をどう扱ったらいいのか……正直言って、戸惑いしかない。

「そんなふうに考えないで。俺は未奈美が幸せでいてくれたら一番嬉しいんだ」

もう少しだけ……もう少しだけ、そう言ってくれる彼のこの気持ちに甘えよう。

疲れた身体と頭に、佐伯君の言葉が心地よかった。

第六章

念のためにと言われ検査入院をすることになった私は、一週間が経ちようやく家に帰れた。結果はどこも異常なしだったけれど、メンタル面でのケアが必要になるようなトラウマが出たら、専門の病院を紹介してもらうという話になった。

しかし私にはもう、そんな必要はないと思われた。

佐伯君と心が通じ合っているという充足感で、心がいっぱいだったから。

とはいえ正直なことを言うと、はじめは家に戻るのが怖かった。けれど、私を心配した佐伯君が二週間、仕事をリモートワークに切り替えてくれることになったのだ。

だから私はなんの心配もなく、家にいる時間を平穏に過ごせている。

そして彼が自室でリモートワーク中の今、私は洗濯物をたたみ終え、自室でコーヒーを飲んでいる。

なぜ自室にいるのかというと、誠さんに押し倒されたリビングで一人ゆっくりするのはまだ、抵抗があるから。

好きな本に囲まれた自分の部屋だと、心が落ち着いてゆっくりできる。そんな時間を過ごしていると、私のスマホにお義母さんから電話がかかってきた。

「はい、もしもし」

『未奈美さん？　ご無沙汰しております、豊の母です』

「は、はい……」

誠さんとのことがあって一週間が経ち、初めてかかってきたお義母さんからの電話だ。いったいどんなことを喋ればいいのだろうと緊張していると、お義母さんの息を呑んだ音が聞こえた。

『このたびのこと、本当にごめんなさい。いくら謝罪の言葉を並べても、あなたが受けた傷は癒えないだろうけれど、せめてちゃんと言葉で謝りたくて』

「そんな、お義母さんが謝らないでください。お義母さんは悪くは……」

堰《せき》を切ったように話しだすお義母さんの声は震えている。私も必死に答えるけれど、お義母さんは私の声を遮り、話をやめなかった。

『いいえ、私の愚息が犯したことだもの、親である私が謝るのは当然です。本当は未奈美さんの顔を見て直接謝りたかったのだけれど……豊に、佐伯家の人間と会ってしまったら、嫌なことがフラッシュバックするかもしれない。だから、まだ直接は会わせられない。しばらくは、そっとしてあげてほしいって言われて』

「そうですか……。彼、そんなことを言ってくれていたんですね」

佐伯君の気遣いに心が温かくなる。そして、こうして気を遣って私に電話をくれたお義母さんの優しさにも。

『いろいろと家族で話し合った結果、誠には然るべき方法で罪を償《つぐな》ってもらうことにしたの。本人も自分の過ちをとても悔いていて、それを望んでいるわ』

そう言うと、お義母さんは苦しそうに言葉を続ける。

『実はあの後すぐ、誠は自らの意思で警察に出頭すると言ったの。けれど、まずは未奈美さんへの謝罪が先ではないか、という話になって。何よりも、未奈美さんを優先するべきだと。だから、今は弁護士に相談している最中なの。また、あなたにつらい思いをさせてしまうかもしれないけれど……安心して。私たちが絶対にフォローをするし、未奈美さんを守るから』

お母さんの声からは、固い決意が感じられた。

「ちょ、ちょっと待ってください。然るべき方法って……弁護士って……。誠さんを、法的に裁くということですか？」

『ええ、そうよ。息子だからこそ、今回起こしたことは許せないの。だから、あの子にはきちんと罪を償ってもらいます』

誠さんの行為に対しては、たしかに嫌悪感しかないし、許されることではない。けれど私には今、トラウマになるほどの大きな心の傷は残っていない。佐伯君にもご両親にも、もう充分すぎるくらい大事にしてもらえているからだ。私にはこれ以上、誠さんとのことを長引かせる気はないし、深掘りをしようなんて考えはまるでなかった。

「待ってください。私、被害届を出そうなんて考えていません。もちろん誠さんには反省してほしいですし、二度と同じ過ちを犯してほしくないとは思います。それに、簡単には許せないです……。けれど、弁護士まで立てて何かをする必要はないと思います」

『でも、それだとあなたは泣き寝入りをすることになるのよ。罪を犯した者は、それを償わなければいけないわ』

家族思いのお義母さんだからこそ、息子である誠さんの犯したことが許せないのだろう。けれど、こういう誠実な人にはもう傷ついてほしくないし、家族の中でこれ以上、揉《も》めてほしくはない。だから……。

「私、泣き寝入りだなんて思ってません。それに、豊さんが助けてくれたおかげで未遂でした。だから法で裁くとか、そんなことはしないでください」

『それだと、あなたが我慢するだけではないの？』

納得がいかないというように、お義母さんが私に食い下がる。

「大丈夫です。私はもう、あの件について考えたり怖がったりしたくはないんです。これは私の我儘かもしれませんが……前に進みたいんです、豊さんと一緒に」

お義母さんに気持ちを伝えていくうちに、自分がどうしたいのかということを、ハッキリ言葉にできた。

私にずっと寄り添ってくれている佐伯君のためにも、自分のためにも、私は彼との未来に向けて前に進みたい。

それを伝えると、お義母さんが柔らかく笑った声が聞こえた。

『未奈美さん……』

「だから、この話はもう終わりにしましょう！　お義母さんたちの心にもよくないです。次にお会いした時、この話題はなしにしてくださいね！」

顔を上げて思いきり明るい声でそう言うと、お義母さんはまた少し笑ってくれた。

その笑い声は安堵したという感じで、一気に緊張がほどけた気がした。

『ありがとう……未奈美さん。でも……それなら、誠にはまた違う形で罪を償わせることにするわ。このままだと、私たち家族のためにならないの』

そう言ってくれるのが、佐伯家の人らしいと思った。優しくて思いやりのある温かい人たちだ。

誠さんも本当なら弟思いのお兄さんのはずだもの。だから、得体の知れない私を追い出そうとして、こんなことになってしまった。

やり方を間違えただけで、本当は家族を大事にする人のはずだ。

そしてご両親は、とても責任感が強い人たちだ。

ここで私が「何もしなくていい」と言っても、ずっと気にし続けてしまうだろう。

だから、私はその考えを尊重することにした。

「わかりました。そこまでおっしゃるのなら受け入れます」

『ありがとう。本当に、本当にごめんなさい……』

「お義母さん、もうやめてください。私には豊さんがいるから、大丈夫です」

涙声になり謝罪をするお義母さんを、必死に宥《なだ》めることしかできない。本当に、そんなに申し訳なさそうにしないでもいいのに。

だって私はもう、大丈夫なのだから。佐伯君がいてくれるから、心を強くもてる。

今、私は一人じゃないから、こんなにも穏やかになれるのだ。

『……豊は、頼りになる男になっているかしら』

急にぽつりと、慈愛に満ちた声でお義母さんがそう聞いた。私が返す一言はもう決まっている。

「はい！　それはもちろん！」

『よかった。あの子でよかったら、いくらでも甘えてね。一人の女性も幸せにできないようなら、人の上に立つ人間にはなれないから』

「豊さんなら、絶対に大丈夫ですよ」

そう答えると、お義母さんは優しく笑い『ありがとう』と言い、通話を終えた。

「……終わった」

佐伯君のご両親のことだから、いつか誠さんのことについて話をする時が来るだろうなと覚悟はしていた。

（それがまさか、こんな突然にやってくるなんて。あんな返答でよかったのかな。お義母さんは……ご両親は、納得してくれたかな）

どうするのがベストなのかはわからないけれど、今の私はとても満足している。あのご両親のもとで育った誠さんなのだから、法の罰を受けずともきちんと更生してくれるだろう。

何より、佐伯君のお兄さんなんだもの。なんて、そう思う私は甘いのだろうか。けれど佐伯君もきっと、私の意見を肯定してくれるだろうなと思う。

「あっ……なんだか無性に顔が見たくなってきた」

同じマンションの部屋にいるというのに、会いたくてたまらない。とはいえ、リモートワーク中なのだから邪魔をしたら絶対にダメだ。

「仕事が終わるまでの、我慢……」

終わればすぐに自室から出てきてくれる。その時まで、彼のために夕飯の支度をして待っていよう。

（今日は何にしようかな）

そんなことを考えるのが、一番幸せな時間だ。幸福感に満たされた心で、私は今日の献立を頭の中で考えはじめた。

それからまた、一週間が経とうとしていた。彼がリモートワークをしている間に梅雨が明け、夏をひしひしと感じる季節になった。

そして最近、頻繁に宅配便が届くようになった。インターホンの音が、毎日のように鳴る。

「ねえ、見て。またお義母さんやおばあ様から、お見舞いの品が届いたよ」

日曜日の今日、佐伯君と私は家で昼食を取り、食後のコーヒーを飲んでゆっくりしているところだ。

今から図書館でも行こうかなんて話していたら、今日も二回目のインターホンが鳴り、宅配業者が二つの大きな荷物を持ってきた。

「また？　この前もおすすめのお菓子を送ってきてくれたばっかりだろ」

「お義兄さんのこと、本当に気にしてくれているんだね。申し訳ないな……」

「それは未奈美が気にすることじゃない。それよりも、嬉しい贈り物が毎日のように届くな。クローゼットは、親戚中から贈られてきた品物でいっぱいだ」

そう、私の数少ない服やバッグが置いてあったクローゼットは今、お茶会で顔を合わせた人たちからの贈り物で埋めつくされている。

「あの時、参加していた人たちには私のこと、おばあ様がちゃんと説明してくださったんだよね。それで謝罪の意味を込めて、こんなにたくさんのプレゼントを贈ってくれて……有名な海外ブランドのスカーフに、高級チョコレート。それに綺麗なプリザーブドフラワーまであって、私にはもったいないものばかりだよ」

親戚の方々には嫌味っぽいことは言われたものの、ここまで気遣ってもらうと正直、困惑してしまう。

どうしようかと悩んでいても、佐伯君は素直に受け取っておいたらいいと言うし……お義母さんも何度も贈り物を届けてくれるしで、毎日何通もお礼状を書いている。

これまで手紙などを書く機会がなかった自分にとって、それは慣れない習慣だ。けれど、皆さんが心を込めて書いてくれた手紙に応えたい気持ちがあるから、大変でも苦に思ったことはない。

「みんな、それぞれの手紙に揃って謝罪の言葉を書いてくれているの。お義父さんのお姉さんからは、お茶会の時と同じように優しい言葉をいただけているし。恐縮しちゃうな」

何より、あのお茶会で一番私にきつくあたってきていた二人。お義父さんの妹さんと、その娘さんである睡蓮柄の着物の女性からの手紙には、思わず泣いてしまった。

【ひどい振る舞いをした私たちの顔など思い出したくもないかもしれないけれど、もし謝罪を受け取ってくれるのなら、どうか末永く仲良くしてほしいです】

この文面からは、うわべだけではない心からの言葉だということがひしひしと伝わってきた。

そんな話を聞いて、佐伯君は上機嫌だ。私と自分の親族が仲良くするのが嬉しいのか、嬉々とした表情を隠さない。

そして彼は今届いたばかりのおばあ様からの贈り物の封を開けると、今日一番の大きな声を出した。

「あっ！　……未奈美、これ見てごらん。絶対に喜ぶものだよ」

「えっ……あっ、これ」

これは桐《きり》の箱だろうか。上質な木箱から出てきたのは、艶《つや》やかな絹の生地で仕立てた、どっしりとした重さのある着物だ。一目で高級なものだとわかる。

美しい絵羽《えば》模様は絵画のように美しく、一緒に送られてきた帯揚げや帯締めは、パステルカラーでとても可愛い！

「うわあ……素敵！」

「おばあ様が若い頃に、よくお召しになっていた着物だ。アルバムで見たことがある。こっちの箱には、新品の茶器が入っているね。ハハッ、おばあ様はよっぽどキミに茶道を覚えてもらいたいみたいだね」

「私、ここまでしてもらっていいのかな……。すごく嬉しいけど、全部がすごすぎて手放しでは喜べないよ」

今までに触れたことがないくらい高級なものばかりを贈ってもらい、恐縮してしまう。自分はここまでしてもらえるような人間じゃないのに、という考えが頭の中にこびりついているから。

でも、佐伯君はそんなことなど微塵《みじん》も思っていないようで、思いきり首を左右に振り「それは違うよ」と言ってくれた。

「未奈美の一生懸命な姿勢が、好印象を与えたんだろう。それに……」

今まで明るかった表情が、一気に闇を纏《まと》ったみたいに暗くなった。

「それに、兄さんのこと、おばあ様もとても悔やんでいるのだと思う。悪いのはどう考えても兄さんだ。兄さんが、あんなことを考えなければ……」

私はハッとして彼の腕を取り、今度は自分が首を思いきり左右に振り続けた。

「佐伯君、もうその話はやめよう。佐伯君がつらくなるだけだよ」

「つらいのは未奈美のほうだ。キミのつらさは、俺とは比べものにならないよ」

「佐伯君……」

それでも、彼は猛省する姿勢をやめない。誠さんの話になると、必ずこんな顔をする。それを見ているのがつらいけれど、こうして贈り物が届く限り、どうしても誠さんの話が出てしまう。

(何か話題を変えないと。でもコミュニケーション能力の低い私に、この場を明るくする話なんて思いつかないよ……)

けれど私があれこれと悩んでいるうちに、佐伯君は元の優しい顔に戻っていた。

「そういえばさ、俺、考えたんだ。当分、俺が家にいない間は信頼できるハウスキーパーの女性を家に呼ぶのはどうだろう？」

「えっ、それじゃあ私の仕事は？」

実際、私の仕事はハウスキーパーみたいなものだ。それをせずにこの家にいるなんて、私に存在価値があるのだろうかと悩んでしまう。

不安がる私に気づいたのだろう。佐伯君はにこっと微笑み、人差し指を立てた。

「俺のリモートワーク期間は、もうすぐ終わってしまうから。でも今はまだ未奈美を一人、この家に置いて出かけるのはとても心配なんだ」

そう言った彼は、お願いをするように私に言った。

「だから俺を安心させるために。俺のために、未奈美にはしばらくの間、ゆっくり休んで好きなことをして過ごしてほしいんだ。あとさ、母さんやおばあ様も未奈美に会いたがっているから、未奈美さえ嫌じゃなければ、そのうちこの家に呼んで話の相手でもしてくれたら嬉しいな」

「嫌だなんて！　私でよかったらいくらでもお相手をしたいけど、でも……会って話すうちに、つまらない人間だって思われないかな」

「大丈夫。母さんもおばあ様も、一生懸命に頑張る人間が大好きなんだ。未奈美のことをもっと好きになるならともかく、失望なんてしないはずだよ」

会って話をするなんて、私のほうこそお願いしたかったことだ。今までは、佐伯君が私を気遣って家には来ないでほしいと言ってくれていたから、会うことは叶わなかった。けれどそうすることができたら、直接会ってお礼を言える。それに、私にも初めての〝お茶を飲んで語り合える相手〟ができる。

それを考えたら、今からワクワクが止まらない。

「も、もっと気に入ってもらえるように頑張るね」

女子会って思ってもいいんだよね。何気ないお喋りをして、美味しいお茶を飲んで。今まで憧れてはいたけれど、叶わなかったささやかな夢が実現することに嬉しさが溢れてくる。

そんな嬉しさを感じているのは、私だけではないようだ。

「俺の両親やおばあ様に対して、そんなことを言ってもらえる日が来るなんて……。感激だな。本当の夫婦になったみたいだよ……」

「あっ、そ、そう……だね」

どうやら佐伯君は私がご両親やおばあ様と仲良くなるのを喜んでくれているようだ。

感激して震えている彼を見て、やっぱり変な人だな……とあらためて思った。

それから二週間が経った休日。今年の夏もかなりの猛暑だ。八月頭の今はとにかく毎日暑い。

今日は冷房の効いた部屋でアイスコーヒーを飲みながら、久しぶりに刺繍《ししゅう》をしようかな。コースターでも作ろうかなんて考えていたら、リビングのソファに座っていた佐伯君が声をかけてきた。

「未奈美、ちょっとこっちに来て」

「何？」

「相談があるんだけど」

佐伯君が、自分が座っているソファの横を手でポンポンとしたので、そこに座る。

すると彼が、ノートパソコンのディスプレイを見せてきた。

「ここ、もしよかったら今度の三連休に行かないか？」

「えっと、……軽井沢《かるいざわ》？」

映し出されていたのは軽井沢の観光サイトだ。ショッピングや散歩が楽しめるリゾートタウンや自然豊かなおすすめスポットがたくさん紹介されていて、見ているだけで楽しい気持ちになってくる。

「両親に以前、譲ってもらった別荘が軽井沢にあってね。去年、やっとリノベーションが終わって使えるようになったんだけど、忙しくてまだ一度も行けてないんだ。未奈美がよかったら、気分転換にどうかと思っているんだけど」

「べ、別荘なんてもっているの？」

（まさかあの高級リゾート、軽井沢に別荘をもっているなんて……！）

さらっとこんなことを言えるこの人は、本物の御曹司なんだな。私が驚いて目をパチパチさせていると、佐伯君は上半身を私のほうに向けて柔らかい笑みを浮かべた。

「あれからずっと家の中にいるし……。気が滅入ってくるかなと思って。俺も仕事から離れてリフレッシュしたいし、どうかな？」

佐伯君の話を聞くたびに、頭の中で美しい景色と澄んだ空気、そして癒やしの空間が待っている土地に行ける喜びが溢れ出してくる。

しかも佐伯君と一緒だ。彼となら、どこに行っても楽しめそうだと思った。

「行ってみたい！　軽井沢なんて初めて！」

「そう言ってもらえてよかった。じゃあ今年の夏は軽井沢に行こう」

『今年の夏は』ってことは、来年もあるのかな。なんだか、一つ約束が増えただけでとても嬉しい気持ちになる。

「うん……楽しみだね」

「それまでに仕事を頑張らなきゃな。キャンセルにだけはならないように、気合いを入れて仕事をするよ」

彼は最近、以前から進めているテーマパーク事業のことに加えて、お義父さんの仕事の手伝いもしており、何かと忙しくしている。

実を言うと、ずっとお義父さんをサポートしていた誠さんが会社を辞めたのだ。お義母さんが言っていた『違う形で罪を償わせる』とは、きっとこのことだったのだろう。誠さんは今、自らの行いを深く反省して遠い土地に引っ越し、自力で就職をして生活しているらしい。

「無理しすぎないでね。体調を崩したら、元も子もないんだから」

「その時は未奈美に看病してもらえるだろ？　連休に、つきっきりで看病してもらうのもいいかも……」

私に看病されることさえ想像したら楽しみだなんて、やっぱり佐伯君は変わってる。もうそんな彼にも慣れた私は、にっこりと微笑む。

「うん、笑っている未奈美はやっぱり可愛いね」

けれど、こんな甘い独り言にはいつまで経っても慣れない。耳が熱くなるのを感じながら、ノートパソコンのディスプレイを凝視した。

そして待ち望んだ三連休がやってきた。佐伯君は激務の中きちんと約束を守り、私を軽井沢に連れてきてくれた。

都会は連日の猛暑だというのに、ここ軽井沢は生い茂る緑が濃く、体感温度がかなり違う。近くには透きとおった湖もあり、すれ違う人たちもみんな爽やかな笑顔をしている。

なんて気持ちのいい場所だろう。大袈裟かもしれないけれど、ここにいると、まるで自分が違う人間になったような気分だ。

佐伯君はずっと運転をしていたから疲れているとは思うけれど、この景色のおかげか疲労を感じさせない、とても清々しい顔をしていた。

「未奈美、お腹は空かない？　何か食べにいこうか」

「今、着いたところだよ？　休憩しなくてもいいの？」

「時間は限られているんだ。行きたいところは全部行こう」

まだ連休は初日。しかも今、別荘に着いたばかりだ。私としては、まずは立派な別荘の中をゆっくりと見て回りたかったけれど、佐伯君はそこにいる時間さえももったいないと思っているみたい。

それから私たちは佐伯君の要望どおりにすぐ別荘を出て、リゾートタウンにあるカフェで軽食を取った。ふわふわのパンケーキが有名らしく一時間ほど並んで食べたそれは本当に美味しかった。

待ち時間を苦痛に感じないのは、一緒にいる人の存在が大きいからだと本に書いてあったのを読んだことがあるけれど、そのとおりだなと思った。それくらい、佐伯君と過ごす待ち時間はあっという間だった。

その後は木々の隙間から吹く気持ちのいい風に癒やされながら、近くにある湖の周辺をゆっくり散歩した。

無言の時間も、ちっとも苦痛ではない。

私たちは自然と手を繋ぎ、歩いた。最初にきゅっと握ってくれたのは、佐伯君からだ。

彼を見上げると、佐伯君もこちらを見て目尻を下げて穏やかな微笑みをくれる。

(ああ、私、この人が好きだ。ずっと一緒にいたい。このままどこまでも一緒に歩いていきたい)

長く続く遊歩道を歩きながら、そんな気持ちが込み上げてきた。

その後、別荘に戻った私は、佐伯君が呼んでくれた業界でも有名な神の手と呼ばれるエステティシャンの施術を受けた。自分はまったく疲れてはいないと思っていたのだけれど、絶妙な力加減で施術を受けていたら、あっという間に眠ってしまった。

次に目が覚めたら全身が艶肌になっていて、しかも髪やネイルまでケアしてもらい、まるで自分ではないみたいだ。

施術後、別荘のバルコニーで景色を眺めながらお酒を飲んでいる佐伯君に自分の姿を見せにいく。

「こんなふうに自分の身体を整えてもらったの、生まれて初めてだよ」

なんだか生まれ変わった自分を見られるみたいで、佐伯君と顔を合わせるのは少し恥ずかしい。けれど、彼のおかげで貴重な経験をさせてもらったのだから、一言お礼を……と思ったものの、佐伯君は感動しているのか目が潤んでいる。

「……綺麗だ……。未奈美、とても綺麗だよ。いや、いつも可愛いんだけど、今は特別に綺麗だ」

「あ、ありがとう……」

やっぱり感動していたんだ。『綺麗』を連発して……なんてわかりやすい人だろう。今にもお酒の入ったグラスを落としそうな勢いで全身を震わせている。

そんな彼を可愛いなと思っていたら、次はディナーを予約してあると言われた。

迎えにきたハイヤーに乗って向かった先は、五年先まで予約が取れないという、星がつくお寿司屋さんだった。

高級感溢れる佇《たたず》まいのお店に入ると、カウンター席しかない店内には貫禄《かんろく》のある大将と、いかにも仕事ができそうなお弟子さんの二人がいた。そしてガラスケースの中には、キラキラと輝く新鮮なお刺身がずらりと並んでいる。

いくらにウニ、大トロにアワビ……。美味しそうなネタを目の前にして、私は感激しっぱなしだった。そんな私を見て、大将は朗らかに微笑んで、佐伯君に「可愛らしいお嬢さんを連れてきてくださったんですね」と声をかけていた。

親しそうに会話をする様子を見る限り、佐伯君は昔からの常連なのだろう。やっぱり彼はセレブな人だ……。あらためてそう感じた。

佐伯君に「目の前で握ってくれるから、好きなものを注文して」と言われ、「そんなの初めての経験だよ」と感動を口にすると、彼は満足げな顔をした。

そして一生分のお寿司を食べたのではないかというくらい、たらふく食べてしまった私を見て、彼はさらに嬉しそうな顔をしていた。

その後、別荘に帰った私は、備えつけの露天風呂に入らせてもらった。そして温泉成分でつるつるになった肌をバスタオルで拭きながら、この別荘について考える。

露天風呂まであるとは、なんて贅沢なのだろう。とにかくこの別荘は、広い。今入った露天風呂に内風呂、アイランドキッチンのある二十畳ほどのリビングダイニング。客室が三部屋に、主寝室、私が利用させてもらったエステルームやサウナまである。

一般的なホテルよりもずっと整った設備や、心も身体もゆったりとくつろげる家具に内装。私はすっかりこの別荘が大好きになってしまった。

「また来たいな。未来のこと……私なんかが願ってしまっても、いいのかな」

あまりの贅沢に少しの罪悪感を抱きながらも、私はそう思ってしまった。

そんなふうに未来に思いを馳《は》せていた私はそこで、はたとあることに気がついた。

(そういえば……今夜、私はどこに寝るんだろう)

家のように、やっぱり部屋は別々かな。それとも、主寝室で一緒に寝るのかな。

主寝室で見たキングサイズのベッドの存在を思い出し、顔だけじゃなく頭からつま先までが一気に熱くなる。

「やだ……。私ったら、何を考えているの……」

せっかく潤った肌をふかふかのバスタオルで拭いたのに、嫌な汗をかいてしまいそうになる。こんな卑猥《ひわい》な想像をするなんて……私、どうしてしまったのだろう。

これまでは恋愛なんて縁のない世界だと思っていたのに、直面した途端、すっかり頭の中は恋愛脳になってしまった。

相手が佐伯君なら……とつい妄想をするけれど、彼にその気がないのなら、私一人で空回りをしてしまう。

だって私はまだ、彼に自分の想いを伝えられていない。私の気持ちがわからない以上、佐伯君は男女の関係を迫ってはこないはずだ。

今夜もいつもどおり、たくさんお話をしたら終わり。あとは別々の寝室に分かれて寝るだけになるのかな。ううん、それでも充分、幸せだ。そう自分に言い聞かせて、新品のワンピースタイプのルームウェアに袖を通した。

佐伯君はサウナに併設されているシャワールームですでに汗を流したようで、キッチンでミネラルウォーターを飲んでいた。

「未奈美も飲む？」

「うん、飲みたい。あの、露天風呂ありがとう。露天風呂も温泉も初めてだから、緊張したし感動しちゃった」

「ハハッ。緊張してたの？　可愛いなあ。はい、お水」

「ありがとう」

佐伯君は明るく笑いながら、グラスにミネラルウォーターを注いでくれた。たっぷりと露天風呂を堪能したから喉がカラカラに渇いていて、一気に飲み干す。冷たい水が喉を通って気持ちがいい。

ふうっと一息ついて全身の力が抜けた。そんな私を佐伯君はじっと見ている。

「どうしたの？」

「いや、風呂上がりが色っぽいなあと思って」

「へっ？」

「あっ、いつもいいんだけど、今日はなんだか特別、綺麗に見えるよ」

「は、恥ずかしいよ、すっぴんなのに」

化粧をしていない顔なんて家では普通に見せているはずなのに、今夜はなんだかとても恥ずかしい。

「すっぴんの未奈美も、可愛いよ」

歯の浮くセリフをさらっと言ってしまうのが佐伯君だ。彼だって、今夜はネイビーの光沢のあるパジャマから見える鎖骨が色っぽい。私はそんな様子に、さっきから目のやり場に困っている。

無造作な髪も、緩んだ表情も、こんな彼を知っているのは私だけなのだとあらためて思うと、ものすごく独占欲が満たされる。素直に、嬉しい気持ちで心がいっぱいだ。

「……未奈美。もう寝る？」

「へっ、えっ！」

魅力的な彼の姿にうっとりとしていた私は再度、艶っぽい展開を想像してしまい狼狽える。

「まだ、眠たくないのなら、少し話をしないか？」

（びっくりした……。お喋りのお誘いだったのか。私ってば、何を勘違いしているんだろう。穴があったら入りたいくらい、恥ずかしい……！）

「うん、喋ろっか」

照れ笑いをしながらそう答えると、佐伯君はふっと微笑み、リビングのソファに座る。私も隣に腰かけ、彼のほうを見る。すると佐伯君は真面目な顔をしていて、心臓がドキリとした。

視線を真っ直ぐ前に向けたまま、彼が口を開く。

「ここ最近……どうやって前を向いてキミと暮らしていこうか、ずっと考えていた。

でも、いくら考えても、後悔の念が消えないんだ」

「えっ」

さっきまでの和やかな雰囲気はどこにいったのだろう。佐伯君は苦い顔を滲ませながら、低く小さな声で話しだした。

こんな声を聞いたのは、初めてかもしれない。

「キミを幸せにするつもりで、あの家から連れだしたけれど……結局、怖い思いをさせてしまい、挙句の果てに窮屈でつまらない毎日を過ごさせている。本当に申し訳なく思っているんだ」

突然、雰囲気が暗くなったかと思ったら、彼はいきなり謝罪の言葉を口にした。私は驚いてしまい、一瞬、間が空いた。けれど、すぐに彼の腕を掴み横顔を凝視する。

「そんなことない。自分を責めないで。佐伯君のせいじゃない」

「でも、俺が自分の家に連れてこなければ……。家族に紹介しなければ、今、こんな状況にはなっていなかったんだ」

彼は私が誠さんに襲われたこと、家の中にずっと閉じこもった生活をしていることを、自分の責任だと感じている。

私はそんなことはないと伝えるため、首を横に振る。

「佐伯君は責任を感じてくれているけれど、私、こう見えて前にいた家よりもずっとずっと自由だよ」

「でも、最近は毎日家にいるばかりで、面白くも楽しくもないんじゃないか？　未奈美は贅沢をするような性格じゃないから、買い物にもあまり行かない。もっと我儘に過ごして、少しでもストレス発散をしてもいいのに、ちっとも甘えようとしない。未奈美にとって、今の生活は本当に幸せなのかなって考えてしまうんだ」

しょぼんとした顔をした彼は、まるでなんの力もない少年のようだ。そして激しく落ち込んだその姿は、すっかり気力をなくしてしまっているように見えた。激務の中、そこまで私のことを考えてくれている佐伯君に、私は感謝以上の感情が溢れ出てきて、今すぐ抱きしめたいという衝動に駆られる。

けれど、そんな大胆なことをする勇気のない私は、ぐっと心を落ち着けた。

そして自分の言いたいことを頭の中で整理すると、それがきちんと伝わるように、ゆっくりと話しはじめた。

「たしかに、いろいろあったけど、おばあ様やお義母さんたちは、私なんかに温かく接してくれる。何より、その……佐伯君には、ちゃんと幸せを……もらってるから」

絶対に伝えたい言葉があるから頑張って言葉にしてみたけれど、恥ずかしくてどうしても小さな声になってしまう。それでも佐伯君にはちゃんと聞こえたようで、勢いよくこちらを向くと顔を近づけてきた。

至近距離にある佐伯君の顔は、何かを期待しているみたいに目が輝いている。近くにある彼の顔に、全身が熱くなってきた。

「それは本心で言ってくれてる？　俺に気を遣って言っているのならやめて。期待してしまうから」

「……ううん、本心だよ。本当にそう思って言ってるよ。私ね、佐伯君と一緒に暮らして、初めて経験した気持ちがいっぱいあるの」

「どういうこと？」

こんなにも近い距離で会話をしたことは今まであっただろうか。それくらい、彼の顔は近い。

私は心臓が破裂しそうなくらいドキドキしているのを感じながら、ありったけの想いを言葉にして彼に伝える。

「私ね、佐伯君と一緒に暮らしだして、初めて誰かの帰りを待つ寂しさや恋しさ、それに楽しみを経験したの。たしかに嫌な思いをしたこともあったけれど、あなたはちゃんと助けてくれた。頼れる人ができたことは、ずっと一人で頑張るしかなかった私にとって、すごく幸せなことなの」

「本当に……？」

「うん、本当だよ。嘘はつかない」

ここまで自分の気持ちを曝《さら》けだしたことがあるだろうか。今まではずっと我慢ばかりの人生だった。私の意見なんて、誰も聞いてはくれないと思っていた。

だけど、佐伯君なら聞いてくれる。最後まで私の気持ちを汲み取ってくれようとする。今だって私の言葉を聞いて、慈しむような瞳で私を見つめてくれている。

こんな瞳を、私は知らない。こんなにも私を必要として、私が心から必要だと思える人は、今までに会ったことがない。

佐伯君は見返りを求めず、私に愛情を注いでくれる。だから、私は彼に惹かれた。大好きになったのだ。

愛おしい気持ちが募ると、胸がいっぱいになって苦しくなるんだな。そう感じていると、いきなり佐伯君が私を思いきり抱きしめてきた。

そして肩に顔を埋めると、勢いよく息を吸った。

私の耳元で、かすれた声が呟く。

「好きだ……。どうしようもないくらい大好きだ。未奈美、愛してる」

「佐伯君……」

彼は込み上げてくるものを振り絞るみたいな声で、愛の言葉を伝えてくれた。

身体が、幸福感で埋めつくされて震える。幸せって、こういうことなのだろう。

今、本当に心からそう思える。幸せすぎて震えてしまうなんて、生まれて初めてだ。

「あっ、ご、ごめん。兄さんのことがあったのに、こんな強引に……本当、ごめん」

佐伯君が勢いよく私を離した。私の身体の震えを恐怖からきたものだと勘違いして、視線を斜め下に向けて罪悪感いっぱいの顔をしている。

彼は本当に私のことを一番に考えてくれる。優しい人だ。

「ううん、大丈夫だよ」

できるだけ優しい声と笑顔で言ったつもりだった。けれど、佐伯君はずっと申し訳なさそうな顔をして、しょんぼりとしている。

「未奈美の傷はまだ癒えていないのに、兄さんと同じことをするところだった……」

「あなたは、お義兄さんと違う」

すぐにそう答えた。だって、私は佐伯君に抱きしめられても怖くない。それどころか、ずっとこうしていてほしいと思う。

だから初めて、私のほうから佐伯君を抱きしめた。

「未奈美……」

佐伯君はきっと驚いた顔をしていると思う。だって、こんなふうに私から抱きしめるなんてこと、なかったもの。

今、私の視界は佐伯君のパジャマの色でいっぱいだ。そして、彼の匂いに包まれている。私が今一番、安心できる場所は……ここだ。

「あんなことがあったから、私はあなたじゃなきゃダメだってわかった。佐伯君じゃなきゃ嫌だって思った」

「えっ……」

驚いた様子をした佐伯君の声が聞こえる。今……今こそ、自分の気持ちをハッキリと言葉にしなければ。

「私、佐伯君のことが好き」

顔を上げ、真っ直ぐ彼の瞳を見つめながら、ずっと口に出せなかった言葉を伝えた。

「だから、私はあなたのものになりたい」

心拍数が上がり、心臓が口から飛びだしてきそう。それと同じくらい佐伯君も驚いているようで、身体が硬直している。

この場の雰囲気に流されたからではない。ずっと、自身で築いてしまっていた壁を壊したかった。

今が、その瞬間だと思った。だから、本心を言った。

とうとうこの言葉を口にしてしまった。自分の本当の気持ちに気づいていたものの、今までそれを言えなかったのは、勇気がなかったから。そして私のせいで彼の家族関係に不和をもたらしてしまったから。そんな私は彼にはふさわしくないと思っていた。

だけど、佐伯君の気持ちは同情ではなく愛情だということに気がつけた。彼のご両親やおばあ様も私を認めてくれた。

私は、彼の家族の一員になりたい。初めて、こんなことを思った。それは、好きになった人が佐伯君だから。家族とは大切な存在なのだと思わせてくれる人だからだ。

(ちゃんと彼に伝わったかな……)

ドキドキしながら見ていると、彼の顔が見る間に真っ赤になっていった。

「……本当？」

「……うん。ちゃんと……自分の口から言いたかったの」

照れ隠しに笑いながらそう言うと、佐伯君は思いきり私の肩を掴み、必死な顔つきをして私の瞳を覗き込んでくる。

「いつから？　いつからそう思ってくれてた？」

「えっ？　えっと、い、いつからだろ……」

「俺のこと好きになってくれたの、いつから？　どんな時にそう思った？」

「さ、佐伯君。落ち着いて……」

早口で問いかけてくるから、答える暇がない。ハッキリと言葉にして伝えたのに、信じられないという様子で、佐伯君は私を見ていた。

「夢みたいだ。まさか、本当に好きになってくれるなんて。もし好きになってもらえなくても、あの家からキミを助けだせればいいと思っていたから。本当にそう思ってもらえるなんて……夢みたいだ」

佐伯君の心からの言葉は、私に幸せを与えてくれる。優しい彼のことが大好きだとあらためて感じ、どうしても触れたくて彼の両頬にそっと両手を添えた。

「そういうところがね、好きなの。佐伯君はいつも私のことをちゃんと考えてくれるから、大好き」

真っ直ぐに彼を見つめ、ハッキリ聞こえるように伝えた。この言葉だけは絶対に、聞き逃さず受け取ってほしかったから。

私の気持ちのすべてを聞いてくれた佐伯君は、息を呑んだ。そして潤んでいた瞳は決心を固めたような、力強いものとなった。

その瞳の強さに、心臓がドキドキする。今の私はきっと、眉が下がり、口は半開きとなっていて、とても情けない顔をしているだろう。

けれどそんな私を佐伯君は愛おしそうに見つめ、そっと抱きしめてくれた。

「キミを、未奈美を俺のものにしたい。心も身体も、誰にも触れさせたくない」

後頭部に手を当て、上から下へと優しく撫でる。ゆっくりとした穏やかな行為のはずなのに、ぞくぞくするのはなぜだろう。

（こんな感覚、生まれて初めて……）

「この髪も頬も瞼《まぶた》も唇も、すべて俺だけのものになってくれ。そして俺のすべてを、キミに捧《ささ》げたい」

そう言いながら、佐伯君の手は私の輪郭をなぞり、首筋から肩へと滑っていく。耳元で囁かれ、身体が火傷しそうなくらい熱い……。

私だって、彼にすべてを捧げたい。私はきっと自分でも気づかないうちに、ずっと前からそう思っていたのだ。佐伯君と、心も身体も繋がりたいって。

「大好きだ。愛している……。もうこのまま、俺だけのものにしたい」

大好きな人からの『愛している』という言葉は、どうしてこんなにも心を満たしてくれるのだろう。もう、何も怖くない。それくらい強く思えるのがすごく不思議だ。

私の返事は、一つしかなかった。

「……はい」

そっと彼の背中に両腕を回し、ぎゅっと力を込めて抱きついた。

「可愛い未奈美……やっと俺だけのものになった……！」

「うん、私は佐伯君だけのものだよ」

そして一呼吸おいて、彼は言った。

「未奈美、愛してる。結婚しよう」

「はい……！」

嬉しすぎてお互いに自然と笑い声が出てくる。くすくす笑いながら、彼は私の顔を覗き込んだ。

「じゃあ未奈美、もう苗字呼びはやめないか？」

「あっ……」

「夫婦になるのに、夫をいつまでも苗字で呼ぶのはおかしいだろ」

「それもそうだね……えっと、じゃあ……」

彼の言うとおりだ。たしかに、いつまでも苗字で呼ぶわけにはいかないだろう。佐伯君は、すごくワクワクした顔をしている。

いきなり呼び捨ては図々しいから……。

「豊……君でもいい？」

「豊君……！　豊君か……。未奈美は君づけが好きなの？」

「好きっていうか、君づけのほうが似合うなと思って」

うん、やっぱり「豊」と呼び捨てにするよりも「豊君」と言ったほうがしっくりくる。だけど、彼はなんだかちょっと不満そうだ。

「君づけが、俺に似合う？」

「うん」

「なんか子ども扱いしてない？」

「アハハ！　してないよ」

君づけに納得がいかないのか、私が笑ったことでまた少し不満そうな顔をしている。でも、私が楽しく笑っている姿を見ているうちに、一緒に笑いだしてくれた。

そして私の頭をポンポンとした後、立ち上がり「ちょっと待ってて」と言うと違う部屋へ行ってしまった。

どうしたのだろう？と疑問に思いながらも、豊君が戻ってくるのを待つ。すると彼は、五分ほどしてからリビングに戻ってきた。

「どこに行ってたの？」

「ずっと渡したいと思っていたものがあって、それを取りにいってたんだ」

「渡したいもの？」

「いつかキミの心が俺に向いてくれたら渡そうと、持ち歩いていたんだ」

豊君の手のひらの上には、白いリングケースがのっていた。一目で、中身は指輪だとわかった。

「指輪……？」

豊君がケースを開けると、そこには小さなダイヤモンドがついた、シンプルで品のいい指輪が入っていた。ダイヤモンドは部屋の明かりを受けて、キラキラと七色に輝いている。

「これは婚約指輪だよ」

「婚約……指輪……」

「未奈美は生涯俺だけのものだっていう印。魔除けみたいなものかな。それに、俺が一生をかけてキミを守るという誓いの印でもある。受け取ってくれる？」

豊君らしいプロポーズに、笑いと感激と喜びが同時に込み上げてくる。そしていつの間にか、頬には涙が伝っていた。

それを指で拭いながら、私はじっと指輪を見つめた。

「こんなに素敵なものを……いいの？」

「もちろん。未奈美、あらためて言うよ。俺と……結婚してほしい」

その真剣な言葉に、私の涙腺はとうとう崩壊してしまった。

初めてプロポーズをされた時は混乱して、動揺しかなくて……この変な人は誰？

なんて思ったことが懐かしい。

だけど、今は嬉しくて嬉しくてたまらない。本当に豊君と夫婦になれるのだと思うと、生まれ変わった気持ちになる。

豊君はリングケースから指輪を取ると、私の左手薬指にそっとはめてくれた。

新しい人生がスタートする、そんな感じだ。

「うん……ありがとう……豊君と結婚できること、本当に嬉しい」

「これで正真正銘、俺のお嫁さんだね」

お嫁さんと言われ、恥ずかしくて照れ笑いをしてしまう。けれど自然と出る笑顔は、とても気持ちがいい。

これもみんな、豊君がいてくれるからだ。

「やっぱり未奈美は笑っているほうがいい」

「そう……かな？」

「うん、一緒に暮らしはじめた頃はまだ笑顔がぎこちなくてさ。心から笑わせてあげられない不甲斐なさに、胸が痛む時があったんだ。でも、今の笑顔は最高だ」

言われてみれば、嫌なことばかりだった過去を思い出すことはずいぶんと減った。時々ふと両親のことを思い出し、息が苦しくなる日もあったけれど、豊君の存在が私の心を救ってくれた。

「これからは俺が毎日、未奈美を笑顔にするよ。キミの笑顔は、俺が一生守る」

「豊君……」

「約束する。今度こそ、絶対に守るよ」

彼にはたくさん負担をかけているのに、こうして私を守ってくれようとする。どれだけ私は愛されているのだろう。彼の愛に私は応えられているかな。こんなのきっと、まだまだ足りない。

これからは私が彼を支え、愛していく番だ。

「ありがとう、豊君。私も、あなたにずっと愛してもらえるように頑張るね」

「そんな努力は無用だよ。未奈美がそばにいて笑ってくれていたら、それで俺は幸せなんだから。愛してる、未奈美」

そう言った彼は私に顔を近づけ、頬にそっとキスをした。

「あっ……」

彼の唇が触れたところが熱い……。触れられたところに意識が集中している。すると佐伯君が、キスしたところを指で撫でた。

「……この先のこと……もっとしてもいい？」

「……うん」

照れながら静かに頷く私を確認すると、首を傾け、再び豊君の顔が近づいてきた。

あっ、これってキスだ……と気づいた瞬間、唇がそっと重なる。

初めてのキスは甘くとろけそうで、彼の唇はとても柔らかかった。

「……まだ、夢を見ているみたいだ。これって現実だよね」

唇が離れると、豊君が独り言のように呟いた。私はくすっと笑い、彼の指に自分の指を絡める。

「現実だよ……。ほら、私の熱を感じるでしょ」

きゅっと彼の指を握りしめてみた。すると、豊君も指の力を強めて返してくれる。

「うん、すごく熱い」

「豊君も熱いよ」

いい年をした大人が指を絡めて手を繋ぎ、キスをするだけで顔を真っ赤にしている。まるで思春期のようだ。そう思うと、二人して笑いが込み上げてきた。

「ハハッ、二人で何やってるんだろうな」

「でも……楽しい。豊君といると、とても楽しいの」

「俺もだよ」

そうしてもう一度、唇にキスをされた。今度はしっかりと重なり、角度を変えて何度も求められる。

大人のキスとはこういうものなのだと、私は身をもって知った。うまく息遣いができないせいか、息が荒々しくなってしまう。

「……大丈夫？　無理ならこれ以上はもうしないよ」

豊君が心配そうに声をかけてくれる。その顔はとても不安げだ。彼自身もこの先に進むことに不安を抱いているのだと、すぐにわかった。

私が怖がっていたら、きっと彼はすぐに止めてしまうだろう。いつでも私の気持ちを最優先にしてくれる彼は、私が嫌がることは決してしないはず。

「ううん、違う。怖いとか嫌とかではないの。ただ、よくわからなくて緊張しているだけで……」

正直にそう言うと、豊君の不安は消えたのか、一気に安堵の表情になった。

「よかった。俺、キミを怖がらせることはしていないんだね」

「うん、嫌じゃない」

「じゃあ……いい？」

その言葉の意味は、経験のない私でもさすがにわかる。豊君なら、すべてを捧げてもいいと私は決めている。

だから、私は笑顔で応えた。

「……うん」

私の返事を聞くと、彼は私を横抱きにして立ち上がり、主寝室へと運ぶ。その動きは一瞬で、言葉も出ないくらい驚いた私は彼の顔を見上げた。

「嫌なことがあったら、すぐに言って。俺、未奈美の嫌がることは絶対にしたくないから」

豊君は軽々と私を抱いたまま、優しい笑みを浮かべて安心する言葉をくれる。彼が私の最初で最後の人でよかった……。そう、心から思えた。

「ありがとう、豊君……。本当にありがとう」

感激のあまり声を絞り出し、彼にしがみつく。そのまま私は大きなベッドの中央にそっと下ろされた。

「……好きだ、未奈美」

「私も……大好き」

その言葉が合図となり、お互い目を瞑りキスに没頭した。

それからは豊君のリードに任せ、私は彼のすべてをひたすら受け入れた。

いつもと違う、彼の表情や汗ばんだ肌。初めて密着し合う身体を見て恥ずかしいはずなのに、もっともっとと、どこまでも彼を求めてしまう。

(このままずっと、豊君が注いでくれる幸せに溺《おぼ》れていたい……)

初めてなのにそんなことを思うなんて、はしたないだろうか。

でもそんな羞恥心などどこかにいってしまうくらい、幸せな夜だった。私は何もかもを忘れて、豊君のことだけを感じられる最高な一夜を過ごした。

気づいたら、私たちは抱き合ったまま眠っていた。

そして朝日で目が覚めた時。二人で目を見合わせて笑うという、最高に幸せな朝を迎えた。

第七章

気持ちも身体も繋がった翌日、私たちはすべての予定をキャンセルした。そして二人きり、別荘の中でゆっくり過ごすことにした。

私は景色の綺麗な湖畔に行ったり、美味しいカフェでご飯を食べたりしなくても、彼とずっとくっついて過ごすほうが何十倍も幸せを感じられると思った。

豊君も考えることは一緒だったみたいで、二人でこれから先のこと……未来のことを語ったり、今さらながらお互いのどこが好きなのかという話をしたりした。

恋愛経験のない私たちがすることは、なんだか中学生みたいでおかしくなる。けれど、ものすごく幸せだ。

普段と同じはずの朝食のハムエッグはいつも以上に美味しかったし、名前を呼ばれてくっつくたびに幸せを感じた。

そして私の身体の負担を気にしながらも、彼は優しく私を求めてくれた。私たちはこれまでに触れることのできなかった時間を埋めるように、何度も身体を重ねた。そのたびに彼の愛を身体に刻み込まれていくみたいで、その愛の深さに溺れそうになる。

（こんなに幸せでいいのかな……）

幸せすぎて不安を感じてしまうほど、幸福感で胸がいっぱいになってくる。

そんな日を一日過ごした翌日、私たちは別荘を後にした。

けれど、すぐには家に帰らなかった。その足で役所の休日窓口に行き、婚姻届をもらってきたのだ。

そして家に帰ってきた今、豊君は旅行の荷物の片づけもせず、テーブルに置いた婚姻届をずっと眺めている。

「これが婚姻届……。本物だよね」

何度も独り言を呟き、そのたびに感激のあまり手が震えている。私は役所で受け取ってからというもの、ずっと同じ状態でいる豊君を見て苦笑いをしてしまった。そして急かすように、その腕を掴んで揺らした。

「そうだよ、豊君。いつまでも眺めていないで、早く書かなくちゃ」

「待って、もうちょっとだけ堪能させて」

「もう、帰ってきてからそればっかり。今、書かないと、いつ出せるかわからないよ。明日からまた忙しくなるんでしょ」

「わかったよ、でも、もう少しだけ眺めさせて」

豊君は婚姻届を持ったまま天井に向けて両腕を伸ばし、それをしみじみと見つめている。婚姻届は一緒に提出しようねと二人で約束をした。だから今日中に記入をしないといけないのに……。明日からはまた豊君の仕事が忙しいから、私が一人で提出をしにいくことになってしまう。

できればその状況は避けたい。彼の証人はお義父さん、そして私の証人は立花さんにお願いしたかった。立花さんはお茶会の時に私を助けてくれた恩人だし、あれ以降も何かと私のことを気にかけてくれている。だから絶対お願いしたい、そう思っている。

それなのに肝心の豊君がこんなだから、なかなか進まない。

「もう、私が先に書いちゃうよ、貸して」

「あっ、未奈美そんなに強く引っ張ったら破れてしまうよ……！」

「大丈夫だよ、そのために予備ももらったんだから。早く提出して、夫婦になろうよ」

「未奈美……そこまでして早く俺と夫婦になりたいんだね……。ああ、俺って愛されてるなあ……」

そうしてまた、豊君はしみじみモードに入ってしまった。そんな彼を横目で見てくすっと笑いながら、婚姻届に記入をしていく。

でも、いざ書こうとすると、思っていた以上に緊張する……。間違えないように、記入漏れのないように丁寧にしっかりと書き、豊君に渡した。

「妻になる人の欄に未奈美の名前がある……。いいね、すごくいい。俺の分も記入したら、写真を撮っておこう」

「あっ、それすごくいいね」

「こうしていろんな思い出が増えていくんだな。嬉しいね」

豊君は屈託のない笑顔をしたまま、ペンを取り書きだしていく。夫になる人の欄に豊君の名前が書かれる。

ものすごくこそばゆくて、変な感じだ。無事、記入を終えた婚姻届は一眼レフのカメラで撮影され、婚姻届を持った二人の写真もセルフタイマーを使って撮った。

そして事前に連絡しておいた立花さんの家に向かう。

すると、薄いブルーのシャツにベージュのチノパンというラフな格好をした立花さんが出迎えてくれた。普段の隙のない雰囲気とは異なり、柔らかな印象だ。きっとオンとオフを明確に分けているのだろう。真面目な立花さんらしい。

証人の欄に記入をした立花さんは涙目になり、私たちの結婚をとても喜んでくれた。

「おめでとうございます。豊さまの夢が叶ったのですね」

「ああ、ありがとう。立花。そして、いつもそばにいてくれてありがとう。お前がいるから、俺は何もかも安心していられるんだ。これからも末永く頼む」

「もちろんでございます。喜んで。未奈美さまもおめでとうございます。お二人の幸せを一番そばで見守っております」

最後は目尻を指で拭っていた立花さん。私も何度もお礼を言いながら深々と頭を下げた。

そして別れを告げると、婚姻届を持って立花さんの家を出る。

「さあ、次は俺の実家に行こう。父さんに、証人の欄の記入をしてもらわないと」

本来なら、立花さんよりも先に署名をもらうべきだけれど、お義父さんたちも三連休ということで旅行に出ており、その帰宅時間の関係で後回しとなった。

結婚はゴールでもあり、スタートでもあると昔、エッセイで読んだことがあったな。その時は結婚なんて私には一番縁のないことだと思っていたのに、最愛の人とこれから同じ未来を歩もうとしている。

信頼できる人に祝福までしてもらい、まだ婚姻届も出していないのに有頂天になってしまう。

そして車で十分ほど走ると、あたりが見慣れた風景になってきた。私と豊君が出会った小学校の近くだ。

「ちょっと遠回りしようか」

豊君は周りの景色に気づくと、遠回りをするコースへとルートを変更した。

「どうして？　せっかく小学校の近くなのに」

「んー、万が一ということもあるしね」

「あっ……」

私の実家はこのすぐ近くだ。もしかしたら偶然、両親と遭遇するかもしれない。豊君は気を利かせて、遠回りを選んでくれたんだ。私があの両親と会わないために。

今、私は人生で一番の幸せを噛みしめている。少しでもそれに水を差すような事態は避けたい。だから、私は勢いよく頷いた。

「うん、そうだね」

「ごめん、嫌な気持ちを思い出させちゃって」

「ううん、気づいてくれてありがとう」

「いつかさ、小学校の前で、思い出話をしようね」

「いつか……しようね」

それはまだ少し遠い未来の約束に思えた。でもいつか、二人が出会った小学校の前で、笑って話せる日が来るだろう。

そして予定の時間より十分ほど遅れて、彼の実家に着いた。

リビングのソファに座り、お義母さんが淹れてくれた紅茶を飲む。

「いきなり電話が来たからびっくりしたわ。未奈美さんお久しぶり。元気だった？」

スケジュールの都合などがあり結局、私はお義母さんたちと会う機会をもてていなかった。だからこうして直接、顔を合わせるのはご挨拶の時以来だ。

「はい！　お久しぶりです。先日は素敵なお品物を贈ってくださり、本当にありがとうございました」

「いいのよ。気に入ってくれたのなら、嬉しいけれど」

「すごく気に入ってます！　おばあ様にも茶道の茶器やお着物をいただいたので、早く茶道の勉強がしたくて、今から楽しみにしています」

「まあ、本当？　おばあ様も喜ぶわ」

そうしてお義母さんと会って楽しく話していると、咳払いが聞こえてくる。隣を見ると、豊君が少し拗ねた顔で私を見ていた。

「久しぶりで嬉しいのはわかるけど、ちょっと俺のことを無視しすぎじゃない？」

「えっ、ご、ごめん。そういうつもりはなかったのだけど」

お義母さんは話しやすいから、つい話し込んでしまう。そこに彼は嫉妬をするみたいで、少しむくれていた。

たしかに、今日はお義母さんと二人だけで盛り上がっていてはいけない。だって、大切な話を彼からしてもらわなければいけないのだから。

私と豊君は顔を見合わせて頷くと、彼のほうからご両親に向けて喋りはじめた。

「なかなか報告ができなかったけれど、未奈美と結婚することになりました。今から婚姻届を提出しにいくよ」

「豊君と一生をともにする決心がつきました。不束者《ふつつかもの》ですが、これからもよろしくお願いします」

豊君の後に、私も続けて照れ笑いを浮かべながら自分の思いを言葉にする。それを聞いたお義母さんとお義父さんは口を開けて驚き、目を輝かせた。

「まあ！　本当？　とうとう結婚を決心したのね！」

「おめでとう、二人とも。今日はなんの用かと思ったら、まさか結婚の報告とは……。こんな嬉しいサプライズは初めてだよ」

お二人の顔を見て、一気に安堵感に包まれた。きっと喜んでもらえるとは思っていたけれど、こうして目の前で実際の反応を見るとひと際、感動してしまう。

こんな私を、大切な自分たちの息子の妻として認めてくれたのだ。お二人の期待に応えられるように、妻業も頑張らなければという思いでいっぱいになる。

「そうか……。豊もとうとう結婚か。まだ子どもだと思っていたが、あっという間だったな」

感慨深げに語るお義父さんの隣で、お義母さんが身を乗りだして私に喋りかけてきた。

「二人で仲良く、協力し合って夫婦関係を築いていくのよ。未奈美さん、豊をよろしくね。何かあったら、すぐに言うのよ。ほら、この子ちょっと変わっているでしょ」

そう言われた私は、チラリと豊君を見た。

「豊君、お義母さんにも変わってるって言われているのね」

「二人してひどいな」

困った顔をしている彼を見て、お義母さんと二人で笑い合う。笑い声がリビングに響く中、真剣な顔をしているのがお義父さんだ。

「妻を大切にして何が悪い。豊、この先も未奈美さんを守れるのはお前だけだ。しっかりするんだぞ」

「わかってるよ、父さん」

お義父さんの言葉で、一気に緊張感が戻ってきた気がした。そうだ、今は結婚の挨拶の途中なんだもの。朗らかな空気になるのはいけないことではないだろうけれど、これから一生をともにしていくのだから、決意を語る時はきちんと言葉で伝えないと。

豊君が今まで私にそうしてきてくれたように、ご両親にも安心してもらわなければ。

そんなことを考えていると、お義父さんが私に遠慮がちに「調子は大丈夫なのか？」と聞いてくれた。

きっと誠さんの件について、まだ気にしてくれているのだろう。けれどそのことについてはもう、充分すぎるくらいお詫びをしてもらった。今日は婚姻届の証人の欄に署名をしてもらうという、とても喜ばしい日だ。暗い雰囲気にはしたくない。だから私は明るく「はい！　もうこのとおりピンピンしています！」と元気に答えた。

「そうか……よかった。本当に」

お義父さんは心底安堵した表情でそう言うと、すぐに婚姻届の証人の欄に名前を記入してくれた。

これであとは役所に提出するだけだ。

豊君と顔を見合わせて満面の笑みを浮かべる。すると、お義母さんがニコニコの笑顔で口を開いた。

「そういえば、あなたたち結婚式や披露宴はどうするつもり？」

「それはまだ……」

結婚は決めたけれど、披露宴や式の話は一切していない。それに式を挙げるとなると、身内や親戚、友人を呼ぶことになるだろう。

呼べる人がいない私にとって、結婚式や披露宴は不要なもの。けれど、様々な仕事関係で付き合いもある豊君の立場上、やらないわけにもいかないはず。

新婦側の参加者が、一人もいない結婚式か……。ここは私が覚悟を決めなければいけないだろう。そう思っていると、お義母さんが私を見て笑顔のまま口を開いた。

「今時、絶対に盛大に式を挙げなくてはいけないなんて決まりはないわ。親族には報告の挨拶だけして、あとはあなたたちの好きなようにしなさい」

その言葉を聞いて、私は思わず目を見開いた。

「えっ、いいんですか？」

「ああ、式や披露宴なんてものは、好きにすればいい。手紙や何かで親族たちに挨拶さえしてくれれば、あとは自由に決めなさい。まあ、写真くらいは撮って見せてくれたら嬉しいが」

まさか、ご両親のほうからそんなふうに言ってくるなんて。驚きの表情を隠せずにいると、豊君が私の背中にそっと手を添え、お義母さんそっくりの優しい笑顔をした。

「もちろん。未奈美の美しい花嫁姿を撮らないわけにはいかないからね。フォトウェディングをして、最高に綺麗な姿を二人に見せるよ」

「そ、そんな、言いすぎだよ……！」

「それは楽しみだな」

（豊君が私を特別視するのはいつものことだけれど、まさかご両親の前でそんなことを言うとは思わなかった……！）

しかもお義父さんも一緒になって頷いていることにびっくりしていたら、お義母さんが今日一番のテンションで喋りだした。

「ホント、豊の言うとおりよ！　せっかくのウェディングドレスなんですもの。思いっきりこだわらなくちゃ！　未奈美さん、知り合いのデザイナーに頼んで、あなたにぴったりなドレスを作らせるわ。あと、結婚指輪も一気に揃えちゃいなさいよ！　有名なジュエリーデザイナーを紹介するから」

まるで自分のことのようにはしゃぐお義母さんに驚いて言葉を失っていると、それに同調して豊君も立ち上がる勢いで前のめりになった。

その後はもう、三人で「オーダーメイドで」「カメラマンもヘアメイクも一流の人に」「場所はバラ園を貸し切って」「いや、海沿いのチャペルも」なんてセリフが次々と飛びだしてくる。三人とも、フォトウェディングにノリノリだ。

そのたびに私が「私のためにそんな……」「贅沢すぎます」「そんなに大仰にしなくても……」と言っても、聞く耳をもってくれない。

たしかに、写真は絶対に撮りたいとは思っていたけれど、話を聞いている限りでは私の想像よりもずっと大がかりなものになりそうだ。

何もかもスケールが違いすぎる。圧倒されてしまい、結局「ありがとうございます」と一言お礼を言うことしかできなかった私に、お義父さんとお義母さんは揃って柔らかい笑みをくれた。夫婦になる私たちを見守ってくれる、温かい眼差しだ。

そしてフォトウェディングの話題でさんざん盛り上がり一時間ほど話した後、お義母さんから夕飯を食べていってと誘われた。

けれど役所に婚姻届を提出するからと、後ろ髪を引かれる思いでそれを断った。そして今、私たちは車で役所に向かっている。

「これを出せば、本当の夫婦になれるんだね……。まだ、夢みたいだ」

「ふふっ。もう、それ何回目？」

「何回だって言うよ。まだ、信じられない気持ちでいっぱいなんだ。ずっと昔から想っていたキミを妻に迎えられるなんて、俺にとってはもう奇跡だよ」

「それは私のセリフだよ。私にたくさんの夢と奇跡を見せてくれたのは豊君だよ。数か月前の私では考えられなかった幸せな時間を過ごせているのは、豊君のおかげ」

自分の胸にそっと手を当てて、人生を振り返ってみる。決して恵まれたとはいえない人生だった。けれど、地獄みたいな日々を送ってきたからこそ、この幸せがあるのだと思える。

「これからよろしくね、旦那様」

私が目尻を下げて微笑みながら言うと、豊君は頬を赤くして照れていた。

「不意打ちは卑怯《ひきょう》だよ」

いきなりかけられた『旦那様』という言葉に反応したのだろう。豊君は耳まで真っ赤になっていて、とても可愛らしかった。

役所に到着した私たちは休日窓口で婚姻届を提出し、それは無事に受理された。

この日、夫婦になった私たちは幸せを分け合うように、ずっと寄り添ったまま朝までの時間を過ごした。

第八章

本田未奈美から佐伯未奈美になって一か月が経った。まだまだ猛暑日が続き、九月いっぱいまでは気温が高いと女性の気象予報士が言っている。

暑い日が続いているせいで身体は気怠《けだる》くなり、何もやる気が起きない。涼しいクーラーが効く室内にいると、心地よくてついうとうとして、一日中眠ってしまいそうだ。

そんな暑い中、夫である豊君は毎日テーマパークのオープンを目指して、力を注いでいる。

だいぶ前から続いているアトラクションの建設やテーマパークキャラクターの詳細な設定確認、従業員の確保など、毎日目まぐるしく働いている。

だから家事しかしていない私が、いつまでもだらけているわけにはいかない。

「よし、お買い物に行こう」

自分に活を入れてソファから立ち上がる。しかし勢いよく動いたせいか立ち眩《くら》みがして、よろけてしまった。

「わっ、やだ……。体力なさすぎでしょ、私……」

ダブルワークをしていた頃は、夏の暑さなんてへっちゃらだったのに、ずいぶんと体力が落ちたものだとガッカリしてしまう。

肩を落としながら今日買うもののリストを作るため、冷蔵庫を覗いた。

「えっと……。卵と牛乳と……あと朝ご飯のパンも買わなきゃ」

よし、買うものはすべてスマホにメモをしたし、今度こそ出かけよう。

スーパーまでは徒歩で十分くらい。ちょうどいい運動になるなと思い、日傘とバッグを手にして部屋を出る。エレベーターでエントランスホールまで降りると、コンシェルジュに挨拶をして自動ドアの前に立つ。ドアが開いて、一歩を踏みだした。

そして肌が痛いくらい暑い外の空気を吸った瞬間、気持ち悪さが込み上げてきた。

「うっ……」

(何これ……。ものすごく気持ちが悪い)

その場でしゃがんでしまいそうなくらいの吐き気に、足が止まってしまう。

「大丈夫ですか⁉」

背後から聞こえたのは、コンシェルジュの声だ。私の様子がおかしいことに気づいたのだろう。駆け足で寄ってきて、膝から崩れ落ちそうになる私の身体を「失礼します」と言って、支えてくれた。

「病院に行かれますか？　すぐにタクシーをお呼びします」

顔馴染みのコンシェルジュが、心配そうに聞いてくる。

「い、いえ大丈夫です……。部屋に帰って休めばおさまると思いますので……」

「かしこまりました。ですが、急変なさったらすぐにご連絡をしてくださいませ。タクシーをお呼びします」

「はい、ありがとうございます……」

そんなやり取りをしながらコンシェルジュに支えられ、部屋に戻った。

（私の身体……いったいどうしたんだろう？）

たしかにここ最近、気怠さを感じることはあったし、食欲もなかった。ただ、それは軽い夏バテみたいなものだろうと思っていたのに。今、感じている吐き気は、本当にひどい。

吐きたいのに吐けない。ずっと気持ち悪さが胸の奥でぐるぐるしている。

「気持ち悪い……」

倒れこむようにベッドに潜り込み、買い物は諦めてひたすら眠り続けた。身体を横にしていても気持ちが悪い。倦怠感《けんたい》もあって、食欲はない。

そんな時間をどれくらい過ごしただろう。玄関のドアが開く音がして、ようやく私は目が覚めた。豊君が帰ってきたのだ。

せめて出迎えだけはしようとベッドから起き上がる。重い身体を引きずって寝室のドアを開け、玄関のほうを見る。

「……おかえりなさい」

豊君はいつものように満面の笑みをして玄関に立っていたけれど、その顔はすぐに心配なものに変わった。

「えっ、どうしたんだ？　顔色が真っ青じゃないか！」

「ちょっと気持ちが悪くて……。お昼前からずっと眠っていたの」

「病院は？」

「行ってない。横になっていたら、治るかなと思って」

「そんな顔色をして……すぐに治るわけがないだろう？　今から病院に行くよ！」

豊君は私を横抱きにしてマンション地下の駐車場に行き、車を出すと救急外来へと向かってくれた。

そこは先日もお世話になった、佐伯家のかかりつけだという大きな総合病院だった。

ここはお義父さんの親友が院長らしく、すぐに診てもらえることになった。

診察がはじまり問診を受けていると、医師は顎《あご》をさわって悩む仕草を見せながら、口を開いた。

「これは……胃腸炎かと思いましたが、それとは違うかもしれませんね」

「ま、まさか、何か大変な病気ということですか⁉」

医師の言葉を聞いた豊君が、ものすごい形相で身を乗りだす。あまりの勢いに、身体をのけぞらせるようにして医師が答える。

「いや、そういうことではなくて」

「えっ……では、どういう……」

「私は内科専門なので、診察する科が違うかもしれません。少しお待ちください。産婦人科の先生に連絡をしますね」

「えっえっ……」

戸惑う私たちから視線を外した医師は、産婦人科に内線をかけた。そしてわけのわからないまま私と豊君は看護師に連れられ、産婦人科へと案内された。

「えっと、これって……」

「ちょっと待ってくれ。ものすごく緊張してきた……」

混乱する私と、動悸が止まらない様子で胸に手を当てて興奮している豊君。

産婦人科には、すでに女性の医師がスタンバイをしてくれていた。四十代半ばくらいで、とても温和な目をしている。

診察室には、私一人だけが入った。初めて上る診察台に、緊張からうっすらと汗をかいてしまう。すると、先ほどの医師が優しく声をかけてくれた。

「緊張してしまうわよねぇ。でも大丈夫よ。すぐに終わるから」

その穏やかな口調に、私の心はちょっぴり和らいだ。少しの痛みがあっただけで、診察はすぐに終わった。

待合室に戻ると、豊君は椅子に座らずに立っていた。落ち着かず、ずっとあたりをうろうろと歩き回っていたようだ。

「未奈美、大丈夫だったか？」

「うん、あっという間に終わったよ」

私が笑顔を見せると、一気に安堵した顔になった。

「未奈美の顔を見て、やっと息ができた。でも、ここで受診をするってことは、やっぱり……」

豊君がそう言って、視線を私のお腹に落とす。私もここに来て、その可能性をずっと考えていた。

（でも、まさかこんなに早く……？）

心の準備ができていない。けれど、もし想像していることが現実になったらと考えるとワクワクが止まらない。

彼に「私もそう思う」と言おうとした時、看護師さんから名前を呼ばれた。

「佐伯さん、どうぞ。旦那様もご一緒に」

二人で呼ばれ、顔を見合わせる。豊君が手を繋いでくれたから、私も強く握り返した。

「こちらにどうぞ。座ってください」

医師の優しい笑みに少し胸の内がホッとする。そして私たち二人の前に一枚のインスタント写真のようなものが差し出された。

「おめでとうございます」

「えっ？」

「妊娠六週目に入っています。お腹の中に、命が宿ってますよ」

二人同時に一瞬、息が止まった。そしてお互いの顔を見合わせると、私も豊君も同じように目を丸くしていた。

「ま、間違いないですか！」

勢い込んで、豊君が確認をする。

「ええ、間違いないです。ほら、ここに小さな袋があるでしょう？　これが赤ちゃん。今はまだこんな形をしていますが、これから成長すると、だんだん人の形になっていくんですよ。予定日は来年の五月四日です」

「赤ちゃん……私のお腹に……」

まだ信じられなくて、自分のお腹に手を当てて写真を凝視する。次第に目が潤んでいき、涙が溢れそうになった。けれどそれは、豊君が私の肩を掴み思いきり抱きしめてくれたおかげで、ぴたりと止まってしまった。

「や、やった、未奈美！　おめでとう！　ありがとう！」

「豊君……」

「お父さん。奥さんの身体には可愛い赤ちゃんの命が宿っているんですから、もっと丁寧に触れないと。赤ちゃんも驚いてますよ」

医師にたしなめられ、豊君は「はっ！」と言いながら、私を抱きしめるのをやめる。素直に言うこと聞く彼を見て、私は幸せな笑いが止まらない。

「す、すみません、以後気をつけます。ああ、いつまでもこんなところに座ってちゃダメだ。早く家に帰って休まないと」

「お、大袈裟だよ、豊君！」

立ち上がって私を急いで家に帰らせようとする彼を見て、医師ももう苦笑いだ。

「お父さん。気が焦るのもわかりますが、あまり慎重になりすぎるのも奥さんに負担がかかります。過保護にしてかえってストレスにならないように、自由にさせてあげてくださいね」

さらに軽く注意され、豊君はしょげてしまった。その姿はまるで大型犬がトレーナーさんに叱られた時みたいで、私は愛しくてたまらなくなってしまう。こんな思考になるなんて、私もだんだんと豊君に似てきたのかもしれない。

「ストレス……わかりました。ごめん、未奈美。俺、嬉しすぎて浮かれちゃって」

「ううん、ありがとう」

しゅんとしながら謝る彼を、本当に可愛く思ってしまう。そして、そんな彼との間に授かった赤ちゃんのことは、さらに愛しいと思える。

まさか、こんなに早く私たちのもとに来てくれるなんて。はじめは少し、どうしようなんて思ってしまった。けれど、二人で喜び合っていくうちに不安なんて一気に吹き飛んでしまい、今はこの子に会える日が楽しみでたまらない。

「では、役所での手続きや次の健診など、これからやることはいっぱいですが、落ち着いてゆっくりとやっていきましょう。くれぐれも、無理はしないように。不安なことがあれば、いつでもご相談くださいね」

「はい、ありがとうございました」

医師の穏やかな言葉と優しい口調に少しは心も落ち着きを取り戻して、二人で待合室に戻った。けれど、やはりまた、沸々と興奮が湧き出てくる。

妊娠、したんだ……。大好きな豊君との子どもが、私の中に宿ったんだ。

「豊君」

「んっ？　何？」

豊君の手元を覗くと、さっそく妊娠期間中に必要なものや、赤ちゃんを迎える準備に欠かせないものをスマホで調べている。放っておくと、今すぐオムツや哺乳瓶まで買いそうな勢いだ。

（この人のことだから、きっと子どもをめちゃくちゃ溺愛するんだろうな）

その光景が、今から簡単に想像できてしまう。

「私、頑張るね。頑張って、元気な赤ちゃんを産むね」

そう言うと、一気に彼の目が潤んだ気がした。そして私の手を握り、真っ直ぐに見つめてくる。

「俺も最大限にサポートする。だから、なんでも言ってくれ。未奈美とお腹の赤ちゃんが不安なく過ごせるように、頑張るから」

「うん、ありがとう」

（この人なら大丈夫。絶対にいい父親になってくれる）

もちろん初めての妊娠に不安はあるけれど、豊君と一緒なら怖くない。そうして豊君の顔を見つめると、ここが私の居場所なのだとあらためて安堵した。


妊娠が発覚してからというもの、豊君の私への溺愛っぷりはさらに加速した。

仕事中にはさすがに頻繁に連絡は来ないけれど、時間があれば体調を気遣うメールや電話をしてくる。そしてつわりがひどい私のために、彼は料理を覚えてくれた。ミールキットの宅配を頼んで夕飯を作るばかりか、自分が仕事に行っている間に私が食べる、お昼ご飯の分までも用意をしていってくれている。家事の能力値が皆無だった豊君が、今や眠っていた才能を開花させ、大活躍だ。

そして、つわりがだいぶおさまってきた頃。『妊娠のお祝いだよ！』なんて言って、上質な本革で作られたオフホワイトのショルダーバッグをプレゼントしてくれた。

海外ブランドの限定品だという高価なそれは、日常使いには不釣り合いに思えた。けれど『絶対に使ってほしい』と涙目で懇願されてしまったので、私にはもったいないバッグだなと思いながらも、毎日ありがたく使わせてもらっている。

　掃除はハウスキーパーにお任せしているし、妊娠を報告したご両親は前のめりで協力してくれている。お義母さんは週に三回は家に来て、洗濯に買い物、私の代わりにあれこれとなんでもやってくれる。妊婦健診も、豊君が来られない時はお義母さんと立花さんが一緒に付き添ってくれている。

　なんて恵まれた妊婦生活だろう。こうして私は豊君やご両親らの協力もあり、やっと安定期に入った。


　すっかり秋も深まり、紅葉が見頃の季節になった。今年は例年よりも二週間ほど紅葉が遅いらしい。そういえばお義母さんが、おばあ様と一緒に見にいこうと誘ってくれていたな。

　おばあ様も『おすすめのお茶のお店があるから、体調が大丈夫な時に行きましょう』と言ってくれたらしい。

　お義母さんやおばあ様といると、すごく癒やされる。やっぱり豊君の親族だからなのか、安心感があり、リラックスできるのだ。

　紅葉か……。赤や黄色に染まった木々をゆっくり見るなんて、初めてかもしれないな。これまでは、季節の風物詩を楽しもうなんて余裕はなかったから。

赤ちゃんが生まれたら、いろんな経験をさせてあげたい。私ができなかった子どもらしいことを、たくさんさせてあげたい。

お腹が大きくなるにつれ、その思いが強くなっていく。ご両親はきっと、本音では男の子を望んでいるだろう。ゆくゆく、この子は佐伯家を継ぐのだから。けれど二人はあれこれと聞いてきたり、言ってきたりはしないでくれている。私も豊君も、それを本当にありがたく思っている。

もちろん、私は性別にこだわりはない。豊君も元気な子ならどちらでもいいと言っていた。とはいえ、妊娠週数的にはそろそろ性別がわかる頃だ。

「そうだ、名づけの本でも買ってみようかな」

運動がてら、歩いて書店に行こう。最近、読書というと私は小説ではなくて、育児関係や妊娠関係の本ばかりになっていた。

これもまた、幸せの一部だ。これからもっと、私たちの周りには子どものものが増えていくのだろうな。

そんな楽しみな気持ちを味わいながら、外出の準備をする。すると、リビングのテーブルに置いていたスマホの着信音が鳴った。

「こんな時間に誰だろう。お義母さんかな」

もしかしたら紅葉を見にいこうという誘いかもしれない。走らない程度の早足になり、スマホを取りにいく。

そしてスマホを手に取った瞬間、私は声にならない叫び声を上げた。

「ひっ……！」

一気にぞわっとした悪寒が走った。ディスプレイに表示されていたのは、私の本当の母親からの着信を知らせるものだった。

「いや……出たくない……！」

身体が震え、全身にすごい拒否反応が出た。どうして……どうして今さら電話なんてかけてきたのだろう。

本当は実家を出てすぐ、電話番号を変えてしまおうと思っていた。身勝手な両親には、ほとほと愛想がつきたから。もう、親子の縁を切る。そのつもりでいた。でも……それでも私は、両親に対してほんの少しだけもっていた情を、どうしても捨てきることができなかったのだ。あんなにひどい目にあったのに。本当に長い間、つらい思いをしてきたのに。

ただ、今こうして母親からの着信を見て、思う。どうして私は、電話番号を変えなかったのだろうと。

せめて着信拒否くらいはしておけばよかったと、深く後悔をした。

「今からでも、遅くない。着信拒否をしよう……」

震える手でスマホをさわりながらそう思った。でも……。そこでふと、考える。

（もしもこれが、改心をした謝罪の電話だったら？）

そんなの、馬鹿な考えだということは、わかっている。けれど、久しぶりに目にした母親からの着信を見ると、なぜか強くそう思いたいと願う自分がいた。

もし二人が改心しているなら、生まれてくるこの子に、もう一人のおじいちゃんとおばあちゃんを会わせてあげられる。そんな期待もあった。

しばらく離れたことで、私にしたことを後悔していたら。

これからは心を入れ替えると、思い直してくれた電話だったとしたら……。

期待しすぎかもしれない。けれど少しでも可能性があるなら。それを信じたくて、私は電話に出た。

「もしもし……」

『あら、出たじゃない。てっきり着信拒否されたかと思っていたのに』

相変わらず母親の声は飄々《ひょうひょう》としていて、私を馬鹿にしているような感じだった。

この時点で電話に出るべきではなかったと後悔をしたけれど、もう遅い。

「な、何か用……」

『用があるから電話をしたんじゃない。冷たい子ねー。電話しちゃいけない？』

嫌な予感がする。母親は昔から私に頼みごとや命令をする時以外、ほぼ話しかけてくることはなかった。

それがわかっていたはずなのに、どうして淡い期待を抱いてしまったのだろう。豊君との生活で、私はすっかり警戒心がなくなってしまったのかもしれない。

自分の甘さが招いた状況に、怒りを覚える。

「もう、切るから……」

『待ちなさいよ！　ねえ、お金貸してちょうだい』

圧がある、ねっとりとした嫌な言い方だ。

「……はっ？」

『はっ？じゃないのよ。お金を貸してって言ってるの』

開いた口が塞がらない。久しぶりに電話をしてきたと思ったら、お金の催促だなんて。

それに、豊君が渡したあの大金は？　あれはどうしたというのだろう。

「お金って……。前、彼にもらったお金は？」

『あんな金、使ったらすぐになくなったわよ』

「なっ……‼」

豊君が一生懸命働いて稼いだ大切なお金を！　あまりの言いように、リビングに響くような大声が出てしまった。

それを母親はよく思わなかったみたいで、不貞腐れた声を出す。

『何、文句あるの？　もらった金なんだから、私たちがどうしようが自由でしょ』

「だからってひどすぎる！　あなたたちに貸すお金なんて、一円もない。もう電話もかけてこないで！」

この怒りは、身体を売れと言われたあの時よりもずっとずっと大きい。豊君が私を逃がすために一生懸命働いて貯めてくれたお金を、この人たちは自分たちの欲のためにこんな短期間で使い果たしてしまったのだから。

自分が働いたお金をギャンブルに使われた時よりもずっと悔しいし、怒りしかない。けれど、この親には私の思いなど少しも伝わっていないみたいで、鼻で笑われた。

『そんなこと言っていいの？　あんたを連れてった佐伯って男、そうとう有名な会社の息子らしいじゃない。ここで断ったら会社に乗り込んで、直接あの男に金をもらいに行くからね』

私は背筋がゾッとした。なぜ母親は彼のことを……？

「どうして……そんなことを知ってるの？」

『あの男、四年後に開園するテーマパークの責任者だってね。ニュースの特集でインタビューされてたのを偶然観たってわけ』

そういうことか。豊君はとても整った容姿をしているのに加えて若いので話題性があり、マスコミに取り上げられることが多い。会社側としてもテーマパークのいい宣伝になるため、前面に豊君を押し出す方針なのだ。それを、母親たちは観たらしい。

「それだけはやめて……。彼に迷惑をかけないで」

『それなら、あんたが金を都合しなさいよ。前みたいな大金を用意しろなんて言わないから。ねっ、お願い』

「……それを渡したら、もう二度と会わない？」

『もう絶対に迷惑をかけることはしないから！　約束するから、ねっ！』

こんな親でも、私を産んでくれた人だ。関わるのはこれっきりだということを念押しして、独身時代にあの家から逃げだすためにとこっそり貯めていたお金の全部を渡そう。私が自由にできるお金はそれしかない。

「じゃあ、秋葉原《あきはばら》駅の中央改札に明日十四時に来て。それが最後だから」

『わかったって！　もつべきものは娘よねー！　ホントありがとう！』

この言葉を聞くのは何度目だろう。そのたびに、この家から逃げだしたい、こんな家に生まれたくなかったと思った。

（今回お金を渡したら、もう二度とこの人たちとは会わない）

憎しみしかなかったけれど、この両親がいなければ私はこの世に生まれてはこなかったし、豊君とも出会えなかった。

その感謝として、お金を渡そう。

用が終わり、一方的に切られたスマホからは機械音しか聞こえてこない。私は盛大なため息をつき、困憊《こんぱい》した身体をソファに預けた。


翌日の十四時、私は秋葉原駅に来た。ここを選んだのは、なるべく住んでいる家や義両親の家、そして豊君が働いている会社から離れている場所にしたかったからだ。

待ち合わせの改札に行くと、すでに両親が揃って待っていた。少し見た目が派手になっただろうか。あれもきっと豊君のお金を使って、高級なものを買ったのだろうな。

「……お待たせ」

「待ってたわよ、未奈美……あんた、ちょっと小綺麗になったんじゃない」

「おお、いい女になったな」

両親が私を見る目にゾッとした。まるで値踏みをされているみたいだ。

もう一秒もここにいたくない。そう感じた私は、あらかじめキャッシュカードで下ろして封筒に入れておいた現金を差し出した。渡せるのは、もうこの三十万しかない。好きに使っていいと吐き捨てるように言って、踵《きびす》を返した。

「さよなら、もう二度と電話してこないで」

「あっ、ちょっと！　もう少し話しましょうよー」

何を言っているのだろう。こっちは一分一秒も一緒にいたくないというのに！

私は母親の声を無視して、そのまま後ろを振り返らず足早にその場を後にした。

もう、これで絶対に会うことはない。本当にさよならだ。

ようやく離れることができた……。今日やっと、それを実感できた気がする。

「これで、本当に新しい人生を歩めるよね……」

少し膨らみはじめたお腹を手で優しく撫で、自分に言い聞かせるように赤ちゃんに話しかけた。

第九章

両親に再会するという悪夢のような日から二週間が過ぎ、十二月の頭になった。あれ以降、両親からの連絡は一切なく、穏やかな日が続いている。

今日はお義母さんとおばあ様に連れられ、紅葉を見にきた。本当は栃木の紅葉の名所あたりまで行けると素敵ね、なんて話も出ていたのだけれど、やはり妊婦の負担にならないようにと、近場の庭園になった。それに、すでに北関東では紅葉のピークが過ぎているし、今は都内が見頃らしい。そんな経緯で私たちは今、六義園《りくぎえん》にやってきている。

「未奈美さん身体は大丈夫？　少しでもつらくなったら休むから遠慮なく言ってね」

「無理をしてはいけないよ。紅葉はまた来年でも見にこられるのだから」

グレーのロングコートから落ち着いたオレンジ色のスカートを覗かせたお義母さんと、あずき色のお着物に暖かそうな黒い羽織を纏ったおばあ様が、私の身体をいたわり、交互に優しい言葉をかけてくれる。

「お二人とも、ありがとうございます」

私は自然とお腹に手を当て、そう答えた。今日の私はゆったりとした白のニットワンピースにコートを羽織っている。豊君がプレゼントしてくれたチョコレートブラウンの厚手のコートはカシミヤ製で、とても暖かい。

（それにしても、本当に紅葉が綺麗だな）

ここ六義園の歴史は古く、その原型は五代将軍・徳川綱吉《とくがわつなよし》の時代にできたのだと、おばあ様が教えてくれた。庭園の中央に位置している大きな池に、真っ赤に染まったモミジや黄色いイチョウ。小さな渓流の音を聞いていると、心が洗われ、穏やかになる。これはきっと、お腹の子にもいい影響を与えてくれるに違いない。

お義母さんとおばあ様は、口々に「まあ、綺麗ねえ」と言いながら、紅葉した木々をうっとりと眺めている。

「夜はライトアップされた紅葉が美しいのよ。未奈美さんにも見せてあげたいわ」

お義母さんはそう言ったものの「でも、こんなに寒いところにずっといたら、身体に障るわね。それは来年の楽しみにとっておきましょうね」と言ってくれた。

おばあ様も、うんうんと頷いている。来年の今頃というと、お腹の子が生まれて七か月に入るくらいだ。それならそれで〝夜風は赤ん坊の身体に障る〟という話になるのだとは思うけれど。その光景が目に浮かぶようで、少しおかしくなる。私はあえて来年のライトアップのことには触れず、二人に正直な気持ちを伝えた。

「たしかに残念ですが、私は今日お二人と一緒に来られたのが何より嬉しいです」

「まあ、嬉しいことを言ってくれるね」

「男ばかりだったから、こんなこと言ってくれなかったですものね。本当、未奈美さんがお嫁に来てくれてよかったわ」

おばあ様もお義母さんも、私を見て朗らかに笑ってくれる。そんな二人を見て、私も心があったかくなる。

絶対、来年もお二人と赤ちゃんと私と……そしてできれば、お義父さんと豊君も一緒に、家族みんなで来よう。ワクワクする予定ができた。

それだけで、私は幸せだった。


その帰り、お義母さんとおばあ様、そして私を乗せた車は妊婦であることを気遣って、先に私を家まで送ってくれた。マンション前の車寄せでお二人を見送り、一礼をしてからエントランスへと歩きだす。

お二人とは別れ際に、次はクリスマスパーティーをしましょうと約束をした。

「クリスマス……。楽しみだな」

大人数で過ごすクリスマスもパーティーも、初めてだ。それに、真冬は彼と再会した季節でもある。もうすぐ豊君と再会して一年……。とても濃い一年だったなと、思い返しては幸福感ばかりが募る。

幸せで満たされてにやけてしまう頬を両手で押さえようとしたら、その手を後ろから誰かに強く掴まれた。

「きゃあっ！」

そしてそのままマンションの裏側まで強引に引っ張ってくると、その足が止まった。

「よう、久しぶりだな」

私を無理やり連れ去ったのは、もう二度と会うことはないと思っていた両親だった。

「お父……さん、お母さん……」

どうして……。どうしてこんなところにいるの……！

「ど、うして……ここが、わかったの？」

驚きと恐怖が入り混じった震えた声で、私の腕を掴んでいる父親に言った。

「この前、金を受け取ってからお前の後をつけたんだ。何かいい情報が手に入るかと思ってな。そしたらお前、こんな高級マンションに住んでいたなんて驚いたぞ」

「そうそう、私たちは廃れたところに住んでるっていうのに、あんたはずいぶんといい生活をしてるんだねえ、うらやましいよ、ホント」

（まさかあの時、後をつけられていたなんて。もっと気をつけるべきだった！）

この二人が私に会いにきたということは、絶対にあの用件しかない。

「また……お金を取りにきたの？　前に渡したお金は？」

「あの程度の金、すぐになくなったよ。どうせならもっとくれればよかったのに」

「そんな……そんな言い方って……！」

思わず声を上げると、父親に腕を思いきり捻じ上げられ、身体を地面に叩きつけられた。咄嗟にお腹をかばったけれど、赤ちゃんのことが心配でたまらない。

「ああ？　俺たちに意見するとは偉くなったな、未奈美！　お前が贅沢な暮らしをしている間、親の俺たちは惨めな思いをしていたんだぞ！」

「出来損ないが、こんな暮らしをしやがって。子どものあんただけがいい思いをするなんて、絶対に許せない。家族は一生家族なんだから、幸せは分け合わないと」

「何を言って……」

これ以上負担をかけないようにと両手でお腹をかばい、両親を見上げる。すると、父親がいち早く私のその様子に気がついた。

「お前……その腹、もしかして子どもができたのか？」

バレてしまった……。この人たちに子どもの存在を気づかれたら、きっとこの子まで脅しの道具に使われてしまう。

どうにかして誤魔化さなければ……そう思ったけれど、何もいい方法を思いつかない。こうやって黙っていることしかできない自分が、悔しいし情けない。

私が、この子を守らなければいけないのに！

「父親は？　相手はあの男……佐伯なんだな⁉」

私は関係ないとは言えなくて、ただ首を左右に振るだけしかできなかった。この場だけでも「違う、関係ない」と言って嘘をつけばいいのに。でもそれは豊君の存在を否定するみたいで、どうしてもその一言が言えなかった。

そんな私のことなど放置して、両親は二人で話を続ける。

「じゃあ佐伯は、私たちの義理の息子にもなるね……」

「だな」

そう言って二人はニヤリと笑った。

「子どもが親のために尽くすのは、当たり前だからな」

「そのとおりよ。未奈美、あんたもまだまだ役に立つじゃないの。さすが私の娘！」

その言葉には、嫌な予感しかしない。ぞわぞわする気持ち悪さと不安と恐怖で、うまく息ができない。

それでもどうにか息を呑み込み、声を振り絞る。

「ま、さか……。また彼からお金をもらおうなんて、考えているんじゃ……」

「佐伯は義理の息子だ。羽振りもよさそうだから、また一千万くらいすぐに用意できるだろ」

「や、やめて！　何考えてるの！」

この両親の考えそうなことだと思った。私は必死に立ち上がり、抗議をしようとする。けれど母親に肩を押され、ふらついてまた倒されそうになる。

「あんただけ贅沢な暮らしをして、ずるいって言ってるのよ！」

「ずるいって何？　いつまでそんな考え方をしているの？　いい加減、恥ずかしいってわかってよ！」

「なっ……」

強い非難の目で両親を見つめた。ここまで強く人を睨んだのは生まれて初めてかもしれない。それくらい、どうしてもこの人たちのすることが許せなかった。

（お腹の子も豊君のことも、絶対に私が守らなくちゃ）

それが今、私がやるべきこと。いつまでも守られてばかりではいけない。

「親なのに……。ずっと子どもからお金をむしり取って好き放題生活をして。悪いことがあるとみんな私のせいにして、自分たちを正当化して……。それはおかしいことだって、一度も思ったことないの？　普通じゃないよ、お母さんたち！」

怒りで涙が出てくる。心の奥底にずっと澱《おり》のように溜まっていた気持ちが今、爆発した。両親に言いたかった言葉を口にして、胸の内はとても清々している。

（本当に、この場からいなくなってほしい。私と豊君、そして赤ちゃんが生活する場所に、二度と足を踏み入れないで……！）

「帰って……」

「なっ……」

「私の子どもや豊君に手出しはさせないし、あなたたちに渡すお金なんてない！　もう帰って！　二度とここに来ないで！」

両親を突き飛ばそうとして両腕を伸ばす。でも、その腕は父親に簡単に掴まれてしまい、その場にまた身体を叩きつけられた。

「親になんて口の利き方だ！」

「生意気な！」

「い……たっ……！」

今の衝撃で擦りむいた足から血が出てきた。

するとと遠くのほうで一人、知らない女性がこちらを見て立ち止まっているのが見えた。大声を出して争っているからだろう、何事かと気になったのかもしれない。「お願い、警察に電話して」そう叫びたかったけれど、恐怖のあまりかすれた小さな声しか出ない。両親もその女性の存在に気づいたようだ。

「チッ……来い！」

「い、いや！」

「いいから来い！」

強引に連れていかれたそこには、赤い車が路上駐車されていた。以前、乗っていたボロボロの車ではない、人気の車種だ。これも豊君が渡したお金で買ったのだろう。そう思うと、また怒りが込み上げてくる。

「乗れ！」

後部座席に押し込められ、母親が助手席、父親が運転席に座る。そしてタバコに火をつけると車を発車させて、吐き捨てるように喋りだした。

「あんな男の家に嫁いだせいで反抗的になっちまった。また育てなおさないと」

「こんなこと言う子じゃなかったのにねえ。嫌な性格になっちゃったね、あんた」

母親がニヤニヤしながら、私のほうを向く。『嫌な性格』って、どっちが……！と言いそうになったけれど、これ以上暴力を振るわれたら、本当にお腹の子どもが危ないかもしれない。

そう思うと、もう反抗的な態度はとれなかった。

「そうだ、子どもがいるんだったな。それなら、二人分の金を請求できるじゃないか」

「えっ……」

「俺たちのもとで未奈美を教育しなおすんだから、あの御曹司にはその間の生活費として二人分、たらふくもらおう。そうだな、一か月に二百万はどうだ」

「いいね！　あんたにしてはいいアイデアじゃない！」

両親が醜い顔をして、盛り上がっている。

「なっ……絶対にやめて！　いや！」

なんてことを言いだすのだろう。もう、本当に性根が腐ってるとしか言いようがない。そんなことをさせるものかと、走行中の後部座席のドアを開けて逃げられないかともがくと「おい！」と父親に大声で怒鳴られ、反射的に動きを止めてしまった。

「逃げようなんて考えるなよ。そしてもう二度と俺たちに反抗をするな。もし、また同じような態度をとったら、その腹がへこむくらい蹴り続けてやる」

バックミラーに映る父親の視線は、赤ちゃんがいるお腹に向かっている。この両親なら本当にやりかねない……。そう確信した私はもう反抗する気がなくなり、抵抗をやめてしまった。

「さっ、楽しい我が家に帰ろうか」

ご機嫌になった両親の声だけが車内に聞こえる。どうしよう……私はこれからいったいどうなってしまうのだろう。

(ごめんなさい、豊君……。豊君もこの子も、守れなくて本当にごめんなさい)

もうそれしか考えることができず、ずっと声を押し殺して泣いていた。


一時間ほど走ると、車は町はずれの寂れた光景の土地で止まった。二人はまた前の家に住めなくなって、引っ越しをしたようだ。

そこには大きな倉庫があり、隣には古いトタン屋根の小屋が立っている。父親が、私をその小屋へと引っ張り込む。

「ここで、おとなしくしていろ」

父親に押し込まれた小屋は埃《ほこり》っぽく、照明もない。外から見えないようにと窓に乱雑に打ちつけられた板の隙間から、かろうじて外の光が漏れている程度だ。赤く染まった夕日が見える。

ここは、不用品を入れておく物置として使用しているのだろう。昔、家で使っていた見慣れた家電や家具、以前私が着ていた服などが乱雑に放置されている。

息を吸った途端、喉に違和感を覚えて手で口を塞ぐ。

「うっ……」

（気持ち悪い……できるだけ埃を吸わないようにしなくちゃ）

バッグの中からハンカチを取り出そうと思ったら、その手を父親に掴まれた。

「さてと……スマホを出せ」

「い、嫌」

「嫌じゃないんだよ！　さっきも言っただろう。逆らうんじゃないよ！」

今度は母親が私の頬を手で叩く。その衝撃でバッグが床に落ち、すぐに母親に取られてしまった。

「おい、バッグの中を漁ってみろ」

「ダメ！　やめて！」

豊君から妊娠のお祝いにともらった、大切なショルダーバッグ。それを乱暴にさかさまにされ、床に中身が散乱する。そしてスマホが両親に見つかってしまった。

「こんなブランドもののスマホケースなんかに入れちゃって」

「返して！」

母親にしがみつき手を伸ばすけれど、なかなか取り返せない。

つかみ合い、もう少しで取れそうなところで父親が大声を上げた。

「おい！　腹を蹴れ！　そうすりゃおとなしくなるだろ」

父親の声を聞いて、母親がニヤッと嫌な笑顔になった。これは危険だと悟った私が母親を突き飛ばすと、その衝撃でスマホが床に落ちて画面が粉々に割れた。慌てて母親が操作しようとするが、スマホの画面は真っ黒なままだ。

「あっ！　くそ、壊れたじゃないの！」

母親がイラついた声を出す。

「仕方ない……。おい、一筆書いてこい。時間はかかっちまうが、手紙でもポストに入れれば、金を持って飛んでくるだろう」

割れて画面が黒くなったスマホを見て、私は頭が真っ白になる。どうしよう、連絡手段がなくなってしまった。

もう本当に誰にも頼らず、自力で逃げだすしかない。でも、どうやって……。焦りと不安で口の中がカラカラに渇く。ずっと続いている緊張のせいか、喉の奥も詰まっているように息苦しい。

そんな私を挟んで、両親は言い合いをしていた。

「ちょっとあんた。さっきから私に指示ばっかりで全然動かないじゃない。少しは自分でもやりなさいよ」

「ああ？　俺はここまで運転してこいつを運んだじゃねえか。お前こそ普段から家のこと何もしないんだから、こんな時くらい役に立ちやがれ」

「はあ？　どうしてそこまで言われなきゃいけないのよ！　だいたいあんたの稼ぎが悪いから、こんなことになったんでしょ！」

「あっ？　俺のせいだっていうのか？　働きもせず、遊んでばっかりのお前に言われたくねえんだよ」

この両親はいまだにこんなことを言い合っているのか。情けない。そして、つくづく思った。豊君と両親を、二度と関わらせたくない！と。

（私一人で、なんとかしなくちゃ。お腹の子どもを守って、ここから逃げるんだ。弱気になってる暇なんてない）

両親はバッグとその中身を拾うと、私に「逃げようなんて考えるんじゃないよ」と言い残し、小屋を出ていった。外では、ガチャガチャと鍵をかける音が聞こえる。

そしてしばらく話し声や倉庫の扉を開け閉めするような音がしたかと思うと、車が走り去るエンジン音がした。きっと、マンションのポストに手紙を入れにいくのだろう。二人が出かけた今が、逃げだすチャンスだ。

けれど頼りのスマホは壊れてしまっているし、小屋の中はとても暗い。

(とはいえ、どうにかして逃げないと……)

逃げ道は、出入り口である扉か、板で塞がれた窓しかない。

でも扉は古い小屋の割にしっかりとしており、おまけに外から鍵がかかっている。簡単には開けられないだろう。

窓は、人が一人通り抜けられるくらいの大きさだが、そこには木の板が釘《くぎ》で打ちつけられており、簡単に取れそうもない……でも逃げるなら、窓しかない。

街灯の明かりだろうか。板の隙間からは、細い光が入ってきている。このあたりは寂れた場所のようだったけれど、外に出て少し歩けば助けを呼べるはず。

(今、やるしかない!)

私は意を決して、木の板を剥《は》がそうと目いっぱいの力を込めた。

「くっ……んんん!」

木の板は多少メキメキと音をたてるだけで、まったく剥がれる様子はない。

「まだまだ……！」

手が真っ白になるくらい、力を込めて木の板を引っ張る。何回も角度や持ち方を変えて続けていると、指先や手のひらに棘《とげ》が刺さったり、切れて血が出てきたりした。

「いたっ……」

鈍い痛みが指先と手のひらに広がっていく。けれど、こんな痛みに負けてここで助けを待つだけなんて、絶対に嫌だ。

「絶対に逃げてやる……。ああもう！　もっと鍛えとけばよかった！」

非力な自分が本当に情けない。でも、いくら泣き言を口にしたところで、ここから逃げられるわけではない。

少しずつだけれど、板を打ちつけてある釘が浮いてきている気がする。このまま頑張れば、そのうち剥がれるはずだ。

「待っててね、赤ちゃん……」

一刻も早く、こんな場所からこの子を解放してあげたい。そんな思いから、精いっぱいの力を込め続け、私は窓から逃げようと必死に頑張った。

◇　◇　◇

「もう、こんな時間か……。未奈美、ちゃんと家に帰ったかな」

金曜日の夕方、俺は腕時計で時間を確認しながら無意識に独り言を呟いた。今日は母さんとおばあ様、そして未奈美の三人で紅葉を見にいっているらしい。

ここのところ、帰りが遅かったり、休日も現場の様子を視察しに出張をしたりすることが多いから、未奈美を気にかけてやれなくて、ずっと申し訳ないと思っていた。

未奈美は劣悪な家庭環境で育ったため、普通の家庭で当たり前のように経験できることを、一切できなかったと言っていた。

だから、なるべくいろいろな場所に連れていってあげたい。

そして今の一番の目標は、俺の幼い頃からの夢がたくさん詰まったテーマパークで、童心に返って楽しんでもらうことだ。

けれど、その目標のせいで俺は今、彼女と会える時間が少なく、寂しい思いをさせてしまっている。そんな状態なので、積極的に遊びに連れだしてくれる母さんたちの存在は、本当にありがたい。

それにしても。ここまでには、数えきれないほどの苦労があった。建設場所の選定やコンセプトボードの作成に、協賛企業への働きかけ。スポンサー探しでは、いくつもの会社に何回も足を運んだ。祖父や父親が築き上げてきた大企業・ユナイテッドイクミナという強力な後ろ盾があったので、融資の面での苦労はさほどなかった。そのぶん『テーマパーク建設なんて、御曹司の趣味だろう』と陰口を叩かれ、はらわたが煮えくり返る思いを何度もした。

けれど、こんなことくらい、未奈美が過ごしている環境に比べればなんてことない。俺は恵まれているんだ。だから、つらくないと何度も自分に言い聞かせて笑顔を作り、踏ん張った。

その結果、俺の本気は次第に周囲の人間に理解されていった。そして今。あと四年もすれば、テーマパークが完成するというところまで計画は順調に進んでいる。

完成したら、一番に未奈美と子どもを招待したい。そして、テーマパークを背景に最高の家族写真を撮るのだ。

「未奈美と俺の子ども……とんでもなく可愛いだろうな……」

想像するだけで、頬が緩んでしまう。だが、こんな表情を社員に見られるわけにはいかないと、顔を引きしめる。

俺にはテーマパーク建設の仕事の他に、ユナイテッドイクミナの専務取締役という役割もあるのだから。

兄さんが会社を辞めてしまった今、その分の仕事もこなさなければいけない。正直、仕事が重なり心身ともにつらい時はある。けれどそんな時は未奈美の笑顔と料理、そしてハグをするだけで一気に疲れが吹っ飛ぶ。

「ああ、会いたいな」

今朝も会社に来る時に見送ってもらったのに、もう会いたくなっている。俺はもはや、未奈美がいなければ生きていけない身体になっている。

もう、病気だな……と自分でも思ってしまうくらいだ。

朝の未奈美の笑顔を思い出して、にやけた表情を戻そうとした時だった。ジャケットのポケットに入れてあるスマホが震えた。

これはプライベート用だ。何かあったのかとスマホを取り出すと、電話をかけてきたのは母さんだった。仕事中にかけてくるなんて、滅多にないことだ。

『豊？　仕事中にごめんなさい。今、大丈夫？』

「ああ、大丈夫だけど。何かあった？　今日は未奈美と紅葉を見に出かけたんだよね」

『ええ。夕方前にはマンションまで送り届けたわ。でも……。未奈美さんに次の約束のことで電話をしたのだけど、何度かけても出ないのよ』

「えっ……」

『お買い物に行っていて気づいていないのならいいのだけど、二時間も経つのに折り返しの電話もないの。ちょっと気になってしまって。ほら、妊婦さんでしょう？　もし今日、無理をして体調が悪くなって寝込んでいるのだとしたら、心配だわ』

不安そうな母さんの声に、俺も急に鼓動が速くなる。

「ありがとう。俺からも電話をかけてみるよ。それに一度家に帰れるようだったら、帰って様子を見てくる」

『ええ、お願いね。仕事中にごめんなさいね』

嫌な予感がした俺は離席することを部下に伝え、誰もいない廊下の突き当たりで未奈美に電話をした。

けれど何度かけても繋がらず、留守番電話の音声に替わるだけだ。

「……どうして出ないんだ……？」

胸騒ぎがする。こんなことは初めてだ。いつも電話をすれば、すぐに未奈美の明るく可愛い声で『豊君』と言って出てくれるはずなのに。

その声が聞こえないことに、無性に不安が募る。

そこで俺は躊躇《ためら》いながらも、スマホの画面をタップした。

「……これは……どういうことだ？」

なぜ、こんなことになっているのか。頭が混乱する。

「豊、どうした？」

なかなかデスクに帰ってこない俺を不思議に思ったのだろう。父さんが俺の背中に声をかけてきた。俺はスマホを握りしめながら振り返り、苦虫を嚙み潰したような顔をして口を開く。

「父さん……すまない、今日はもう帰らせてほしい」

職場で社長である父のことを「父さん」と呼ぶことは控えていた。そんな俺が切羽詰まった声を出してそう言ったものだから、父さんもただならぬことが起こっているのだと気づいてくれた。

「緊急のことか？」

「ああ……。終わったら必ずすぐに戻るから。少しだけ時間が欲しい」

仕事を途中で放棄するなど、役職に就くものとしては無責任な行動かもしれない。

（でも今だけは……未奈美の無事な姿を、一目見て安心しておきたい。何かあってからでは、遅いんだ）

もう兄さんの時のような思いをしたくないし、未奈美にもさせたくない。

「……わかった。今日は戻らなくても構わないし、必要なら明日も休んだっていい。そのかわり、何かあったらすぐに連絡をしてきなさい」

俺の必死さが伝わったのか、父さんは俺を落ち着かせるために穏やかな声でそう言ってくれた。理解ある父親であり、上司だ。

「……ありがとう」

「早く行きなさい」

父さんに頭を下げて会社を飛びだす。そして車に乗り込みスマホをチェックする。

「未奈美……」

どうか何事もないようにと車を走らせていると、マンションのコンシェルジュから電話がかかってきた。

もしかしたら未奈美に関することかもしれない。路肩に車を止め、ハンズフリーにして通話ボタンを押すと、少し焦ったようなコンシェルジュの声が聞こえてきた。

『お世話になっております。コンシェルジュの皆本《みなもと》です』

「はい、佐伯です。どうされましたか?」

『実は先ほど、佐伯様のポストに手紙を入れようとしている方がいらっしゃいまして。郵便局員でも配達員のようでもない方でしたので、念のためお声がけをしましたところ、緊急の用事だから、至急、佐伯様に渡すようにとお手紙を預かりました。奥様にご連絡をしましたが応答がなく、どういたしましょう』

嫌な予感がする。

「……どのような人物でしたか？」

『五十代半ばくらいの男性と女性です。少々、荒っぽい口調の方でした』

「……すぐに戻ります」

あいつらだ、とすぐにわかった。未奈美の両親だ。あいつらが未奈美に何かをして、俺に手紙を寄越したのだとすぐに理解した。

「くそ……！」

思いきり、こぶしを叩きつけたい衝動に駆られる。しかしそんなことよりも、まずは未奈美を無事に助けだすのが先決だ。そう考え、怒りに我を忘れそうな自分を冷静な自分で制御する。

「待ってろ……すぐ助けにいく」

速度制限ギリギリまでアクセルを踏み、まずは手紙を受け取りにマンションへと向かう。身体に煮えたぎるくらいの怒りを感じ、ハンドルを強く握った。

◇　◇　◇

「痛い……」

もうどれくらい、この窓の木の板を剥がそうと頑張っただろう。サロンで整えたネイルは剥がれ落ち、指先から手のひらまで切り傷だらけで、たくさんの棘が刺さっている。少し力を入れただけで鋭い痛みが走るほど、ひどい状態だ。

けれど、ここから抜けだせる場所といったら、どう考えてもここしかない。小屋にある家電などを叩きつけて板を窓ごと壊そうかとも思ったけれど、重いものを持ってお腹に負担がかかることを考えると、それは絶対にできなかった。

「ここしかない……」

痛みが走る手でもう一度木の板を掴み、思いきり力を入れる。すると、先ほどよりもずっと大きいメキメキという音が鳴り、木の板が半分だけ割れて剥がれ落ちた。

「やった！」

木の板が半分に割れた箇所から、外の景色が見える。外は暗かったが、ぽつりと一つだけ街灯が浮かんでいる。暗くてよくは見えないが、周囲は空き地だったり、倉庫のようなものが並んでいたりして、人気《ひとけ》はない。ここから出てしばらく歩けば、きっと人がいるところに行けるはず。……でも、また捕まってしまったらどうしよう。

そんな考えに悩まされ、手を止めている時だった。小屋のドアが勢いよく開く音がした。

「おい！　何をしている！」

しまった！　窓の外の様子に集中していて、両親が帰ってきた音に気づかなかった。

二人は木の板が半分剥がれた窓を見て、盛大に舌打ちをした。

「お前……。よくも俺たちから逃げようと考えたな」

暗い小屋の中、父親が手に持った懐中電灯の明かりが、こちらに近づいてくる。一瞬、照らされたその形相は凄まじく、私は恐怖を感じ、身体が震えて動けなくなってしまった。

ふと母親を見ると、その手には鉄パイプが握られていた。彼女はそれを父親に渡し、私の顔を覗き込んでくる。

「昔は従順で可愛げがあったのにねえ。今は、本当に生意気になったよ。ねえ、逃げないようにちょっとくらい痛めつけても大丈夫じゃない？」

「よし、足を出せ」

「い、いや……」

身の危険を感じ、小屋の隅に逃げてしゃがみこむ。けれど父親はそんな私を見下ろすように立ち、壁を思いきりガンッ！と鉄パイプで叩いた。

「ひっ……」

「腹の子には傷をつけないようにしてやるんだ。優しいだろう？」

「そうさ、足くらいたいしたことないだろ。あんたは前よりさらに貴重な金づるになったんだからね。いたわってあげるよ」

母親が私の腕を掴み、立ち上がらせようとするけれど、必死に抵抗して地面に這《は》いつくばる。『腹の子には傷をつけないようにしてやる』とは言っていたけれど、お腹に当たらないとは限らない。

（みっともなくたっていい。絶対にお腹の子を守らないと）

そう考えた私は、精いっぱいの力を込めて母親を拒絶する。

「もう！　面倒な子だね！　あんた、もう背中でもなんでもいいから、とりあえず抵抗できないように痛めつけて！」

「お願い！　やめて！」

目を瞑り大声を上げる。こうなっては、もはや自分の力だけではどうにもならない。

もうダメだ、そう思い「豊君……お願い、ここに来て、助けて！」と声にならない声で叫んだ時だった。

「ぐあっ！」

父親の鈍い声が頭上で聞こえたかと思うと、私に振り下ろされるはずだった鉄パイプが、甲高い音をたてて床に落ちた。

（あれ……私、叩かれるはずだったのに……）

次の瞬間、私を押さえつけていた母親が引き剥がされ、地面に転がっていった。

「いったっ！　あ、あんた……」

母親がいなくなったおかげで、視界が広がる。懐中電灯の明かりで照らされていたのは、私が助けを求めた豊君だった。

「未奈美！　大丈夫か⁉」

（これは、いったいどういうこと？　どうして豊君がここにいるの？　私、都合のいい夢でも見ているのかな）

そう思ったのは両親も同じようで、痛みを堪えた顔をしながらとても動揺している。

「なっ、ど、どうしてここが……！」

「手紙には、金の受け渡しはここじゃない場所を指定したのに！」

驚愕した両親は腰を抜かしたのか、簡単には立てないみたいだ。豊君は私の姿を見ると泣きそうな顔をして、手を伸ばして引き寄せた。

「ごめん……。また、来るのが遅くなった」

「豊、君……。どう、して？　えっ、本当に豊君？」

「ああ、本物だよ。遅くなって、本当にごめん」

耳元でかすれた豊君の声を聞いていると、数人のバタバタと忙しない足音が聞こえてきた。その人たちはこの小屋に入ってくると、両親を押さえつけて身動きをとれないようにした。

「な、なんだ、お前らは！」

父親が地面に押さえつけられながら、情けない声を出している。母親も同様に、二人の女性に身体を押さえられている。

「警察だ。おとなしくしてもらうぞ」

「け、警察⁉」

「ど、どうして俺たちが捕まるんだ！　実の娘を取り返しただけだぞ！」

そう言われ、体格のいい警官が父親の身体を拘束したまま話しだす。

「そのことについては、署で詳しく聞こう。それ以前に、お前たち二人には万引きや窃盗の疑いがかかっている。そのことについても話を聞かせてもらうぞ。おい、早く連行しろ」

「ちょっ、ちょっと、やめなさいよ！　離してよ！」

「くそ！　どうしてこんなことに……！」

あっという間のことで、開いた口が塞がらない。両親は腕を掴まれ、警察に連行されていく。

私は豊君に抱きしめられたまま、呆然とその様子を見ていた。

「よろしくお願いします」

「ご協力ありがとうございました。後で署までお越しいただけますよう、よろしくお願いします」

豊君と警官がそうやり取りをすると、両親はパトカーに乗せられ、そのまま走り去っていった。

本当に、一瞬の出来事だった。私は瞬きを繰り返しながら彼の顔を見上げる。

「豊、君……」

「未奈美、大丈夫か？　痛いところは……ああ、手の怪我がひどい」

そう言うと、豊君は自分のハンカチで私の手を包むようにして、その上からそっとさわった。

「それに、お腹の子どものことも心配だ。すぐ病院に行こう。警察も、話を聞くのは診察を受けて問題がないと確認できてからでいいと言ってくれている」

「うん、それはありがとう……。でも、あの、豊君どうしてここが……」

「とりあえず車に乗って」

「わかった……」

病院への道すがら、彼が説明をしてくれる。コンシェルジュから手紙を受け取り、私が連れ去られたのだと確信した彼は、真っ先に警察に連絡をしたのだそうだ。ただ、その話だけでは警察は動かない。しかし、三時間ほど前に『勘違いかもしれないけれど、人が無理やり連れ去られるのを見た』という通報が入っていたことがわかったのだ。そんな目撃者の証言もあり、警察は急いで防犯カメラの確認をしてくれた。

あのあたりは防犯意識が高く、治安維持のためいたるところにカメラがある。マンション前の車寄せに設置してあるカメラと合わせて確認をしたところ、私が無理やり連れ去られたことが明白になったのだ。

そしてさらに警察のほうでも、窃盗や万引きの常習犯だった両親の行方を追っており、同一人物だと確認が取れたので、急行してくれたのだという。

でも……。

「豊君。どうして私が危険だってことが、こんなに早くにわかったの？　今日は仕事で遅くなるって言っていたよね？」

肩にかけてもらったジャケットを握りしめながらそう問うと、豊君は視線を前に向けたまま、気まずそうな顔をしている。

「ねえ、どうして？　……もしかして、両親が会社に行ったの⁉」

「違う、キミの親は来ていないよ。母さんから、未奈美に電話をしたけれど、まったく繋がらなくて心配してるって電話が来て。だから一度、家に帰ったんだ」

「そうだったの……。お義母さんにも心配をかけてしまったのね。後で謝らなきゃ」

「それは落ち着いてからでいいよ」

豊君は私を気遣いながらそう言ってくれる。今回もお義母さんに心配をかけてしまい、申し訳ない気持ちでいっぱいになる。

「でも……それはわかったけれど、どうやってあそこまで来られたの？」

まだ疑問は解決していない。私は続けて質問をする。

「両親は豊君に手紙を出したけれど、指定した場所はあそこじゃないって言ってた。それなのに、どうして？」

私の矢継ぎ早な質問に、豊君は苦笑いをしている。魔法のように私の居場所をつきとめて駆けつけてくれた彼のことが、不思議でたまらなかった。

まるでヒーローみたいに助けてくれた彼。私は今、きっと輝いた瞳で彼を見ている。その視線にいたたまれなかったのか、小さくため息をつくと渋々といった感じで、彼が種明かしをはじめた。

「あの状況で、よくそこまで聞いていたね。そうだよ、手紙はキミの両親がコンシェルジュに渡していたから、それを受け取った。それで俺は未奈美が連れ去られたことを確信して、すぐに警察に連絡をした。そして……」

そこまで喋ると、彼はいきなり口ごもってしまう。私は首を傾げて次の言葉を待つ。信号が赤になって車が止まり、ハンドルに顔を突っ伏したまま豊君はまた喋りだした。

「居場所の特定方法は……それを打ち明けたらキミを失望させるだろうし、きっと嫌われる……」

「こうして助けてもらったんだもの。嫌いになんてならないよ」

彼がいなければ今、私はこうして無事ではいられなかった。救出がほんの少しでも遅かったら、確実に鉄パイプで殴られていた。

だから、何を告白されても受け入れるつもりだ。

「安定期に入った時にプレゼントした、オフホワイトのショルダーバッグがあっただろう？」

「あっ、ごめんなさい。あのバッグ、両親に取られてしまって……」

胸の内が、一気に後悔と申し訳なさでいっぱいになる。せっかくのプレゼントだったのに。豊君が妊娠のお祝いとして買ってくれた、大切なバッグなのに。悲しくてたまらなくなる。そんな私の様子を見て、豊君は慌てて優しい言葉をかけてくれる。

「それは大丈夫！　どうか気にしないで。それに、後でちゃんと警察が取り返してくれるはずだから」

「本当にごめんなさい。……でも、そのバッグがどうしたの？」

「実は、それに……」

「うん、何？」

「未奈美がどこにいてもわかるように……その……GPSを、取りつけていたんだ」

申し訳なさそうな顔をした豊君の告白に、私は衝撃を受ける。

「えっ！」

「それで今回、未奈美がいる場所が正確にわかったんだ」

（GPS⁉　あのバッグに？　まさか、そんなものがついていたなんて。毎日使っていたのに、まったく気づかなかった）

私は、驚きのあまり声が出なくなってしまう。

「ごめん。呆れるよね、引くよね。本当に申し訳ない……」

信号が青に変わり、車がまた動きだす。どっと疲弊した表情になった豊君を見て、私はハッとして喋りはじめる。

「そ、それは知らなかった……。でも、どうしてGPSなんかをつけたの？　私、浮気とか……何か疑われるようなことをした？」

「いや、未奈美は悪くない。悪いのは俺だ。それにキミを信頼してなくてGPSをつけたわけじゃないんだ」

「じゃあ、どうして……」

「それは……しっかりと目を見て話したいから、一度車を止めるね」

豊君はそう言うと、路上駐車が可能な道路に車を止め、ハザードランプを点灯させた。そして私の顔を真っ直ぐ見つめ、真剣な表情をする。

「誤解がないようにこれだけは伝えるよ。本当に、未奈美を監視するためにGPSをつけたわけじゃない。キミを信頼していないということも、絶対にない。それだけは信じて、話を聞いてほしい」

車のランプに照らされて浮かぶ彼の表情は本気そのものだ。嘘を言っていないことは充分に伝わってくる。

「うん、わかった。豊君のことを信じる。豊君は愛情表現は重いけど、監視なんてする人じゃないもの」

「ありがとう……」

私が『愛情表現は重い』と言ったところで、彼は少し苦笑いをした。けれど、『監視なんてする人じゃない』と言い切ると、ホッとした表情を見せた。

でもすぐに、険しさと後悔を滲ませた複雑な顔になる。

「実は兄さんのことがあってから、仕事に行っている間も未奈美のことが心配でたまらなくて、ずっとGPSについて考えていたんだ。ただ、そんなことをするのはよくないって思って。でも妊娠がわかったことで、どうしても不安を拭うことができなくて、実行してしまった。最低なことをしたという自覚はあるよ。本当にごめん」

「そうだったのね……」

誠さんとのことがこんなにも彼を苦しめ、悩ませていたことを本当に実感したのは、今かもしれない。こっそりGPSを取りつけるくらい、思い悩んでいたなんて。気づかなかったのは、妻として失格だ。

私も謝罪の言葉を口にしようとしたら、それより先に豊君が口を開いた。

「だけど、ＧＰＳのアプリを起動させたのは、今回が初めてだ。それは信じてほしい。キミのプライバシーを侵害するつもりなんて、一切なかった。何もないなら、それが一番よかったから」

彼の必死の言葉を聞き、何度も頷く私。ハンカチで包まれた血だらけの手を痛くないように優しく包み込むと、豊君は俯いてしまう。

「豊君のことは信じてるし、その行動のおかげで私は救われたよ。本当に感謝してる。私とお腹の子どもを守ってくれてありがとう」

正直、ＧＰＳには驚いたけれど彼がこうして早くに見つけてくれなければ、私もお腹の子も無事だったかどうか……。だから、どう考えても行き着く答えはここだ。彼を責めようなんて気にはサラサラならなかった。

本当に感謝しかない。……とはいえ、やっぱりＧＰＳをつけられるのはちょっと気にはなってしまう。だから、笑顔を作りながらこう言った。

「でも、そうだね。いくら心配でも、もうＧＰＳを使うのはやめようね」

「ああ、もちろんだ。本当にやりすぎたと思っているよ。こんなこと、今回限りだ。ＧＰＳは警察に提出した後、処分する。未奈美……許してくれてありがとう」

「ううん。私のほうこそ、助けてくれてありがとう。豊君がいてくれてよかった」

「俺の人生は未奈美と子どものものだよ。だから、キミたちがいないと意味がない。助けるのは当たり前のことだ」

そう言うと、傷だらけの両手にハンカチの上からそっとキスを落とす。「血とか埃とかで汚れちゃってるよ！」と怒ったけれど「そんなの全然気にならないよ。この傷……できるなら俺が代わりたい」と言われ、彼らしいなと思ってしまった。

ほどなくして、車は、かかりつけの病院に到着した。

あらかじめ豊君が電話を入れてくれていたおかげで、時間外にもかかわらず病院側の受け入れ態勢は万全だった。

まずは手の怪我の手当てだ。幸いなことに傷はそれほど深くなく、消毒と包帯をするだけですんだ。一番の心配であるお腹の子どもについてはその後すぐ、産婦人科でエコーなどを使い、入念に検査をしてもらった。その結果、変わった様子はないということだった。まずはホッとひと安心、というところだ。ただ、念のため今晩は入院をして、問題なければ明日退院という流れになった。

そんなこともあり、警察の計らいで事情聴取は退院をしてからということになった。

そして『これだけ証拠が揃っていれば、罰金つきの接触禁止になるでしょう。これからは安心して生活ができますよ』と言われたそうだ。

個室を用意してもらい、ベッドに横になってようやく落ち着いた頃には、もう夜の十時を回っていた。

豊君は今晩、付き添いで病院に泊まってくれることになった。ベッドの横の椅子に座ると包帯で巻かれた私の手を取り、両手を添える。

「たくさん痛いことをされたし、怖かったよね……。もう気持ちは落ち着いた？」

「うん、私は豊君が今、こうして手を繋いでくれているから大丈夫。でも、お腹の中の赤ちゃんはびっくりしたかもね。私、いっぱい大きな声を出しちゃったから……。それが心配なの」

私は今日、自分が感じたストレスでお腹の赤ちゃんに何か異常が出ていないか、それが心配だった。気のせいかもしれないけれど、なんだかお腹も張っている気がする。

「それは、ちゃんと確認をして異常はなかったし、明日も退院前には検査をしてもらえるから、あんまり心配しないで。お腹の子はずっと未奈美が守ってくれてたから、絶対に大丈夫だ。それより、俺はキミの心のほうが心配だよ。こんなことになる前に異変に気づいていたら、もっと早くに助けてあげられたかもしれないのに……。自分の不甲斐なさに腹が立つ」

「黙っていて、ごめんなさい。豊君、自分を責めないで」

まだまだ彼は自分を責めている。誠さんの時だって今回だって、彼一人で未然に防ぐことなんて絶対に無理だ。第一、今回のことは私が自分一人でどうにかしようとしたせいで、こんな大事《おおごと》になってしまった。

それなのに。私が傷ついたことを、豊君は全部自分のせいだと思っている。彼は私に優しすぎるし、すべてを背負いすぎている。だから、完璧に守ることができなかったと、自分を責めているのだろう。

でも私は充分、守られているし、大事にされている。豊君が自分を責める言葉を発するたびに、何度も首を左右に振り続けた。

「でも、キミを二回も危ない目にあわせてしまった。俺が未奈美と子どもを守らなければいけないのに、そう決心したはずなのに、また苦痛を与えてしまった。たくさん、傷つけてしまった」

「豊君……」

「もう、キミを傷つけさせはしない。今度こそ約束する。俺のすべてで未奈美と子どもを守る。絶対に守ってみせる」

そう決意した彼の目は鋭いくらい真剣だ。その気持ちは嬉しい。だけど、私たちはもう家族なのだ。すべてを一人で背負おうなんて、思わないでほしい。

「豊君は自分をそうやって責めるけれど、あなたが私の身を案じてくれたおかげで、すぐに助けてもらえたし、子どもも無事だった。あなたはちゃんと行動に移して私たちを守ってくれたよ」

「でも、まだまだだ。もうこうなったら四六時中守ってくれる護衛をつけたほうがいいのかもしれない。そうか、俺が在宅ワーカーになるか……」

護衛とか在宅ワーカーとかまた突拍子もないことを言いだした豊君に、私は呆気にとられ、何度も瞬きをしてしまう。相変わらずの彼らしい考えを聞いて、なんだか日常に戻った気がした私は、一気に肩の力が抜けた。

「もう、その気持ちだけで充分だよ。今は、ずっと夢だったテーマパークを完成させることに全力を注いでほしい。豊君の夢は私の夢でもあるの」

「未奈美……」

横になりながら、包帯だらけの手で彼の手を握る。動かせるのは指先だけだけれど、彼の人差し指と中指を握ると、豊君の瞳はじわっと潤んだように見えた。

「俺は本当に幸せだよ、こんな素敵な奥さんがいるのだから。言葉だけじゃない、俺の命に代えても二人を守っていくよ」

「ふふっ。大袈裟だなあ。でも、豊君らしいね」

命に代えてもだなんて、今時ドラマや映画でも聞かないセリフだ。だけど、こんなことをさらっと言えてしまうのが彼らしい。

愛が重たいのは、大切に愛されている証拠。生まれてからこれまでにもらえなかった愛を、この人は惜しみなく私に捧げてくれている。

（だから、私はこんなにも幸せなんだ）

「私も、あなたと子どもは命に代えても守るよ。だって、家族なんだもの」

初めて家族というものを教えてくれたあなたを、私だって全力で守って幸せにしてあげたい。私のすべてをかけて。そう思えるのは豊君一人だけだ。

「あなたに会えてよかった。私に気づいてくれて、捜してくれて、愛してくれてありがとう」

そう言い終えた時、頬に温かいものが伝う。それが涙だと知ったのは、豊君がとても幸せそうな笑顔をして、指で拭ってくれたからだった。

エピローグ

あれから、もうすぐ四年の月日が過ぎようとしている。この四年間は毎日が濃く、あっという間だったという感想しか思い浮かばない。

中でも一番大きな出来事は、やはり子どもの誕生だ。あの事件の後、初夏に生まれた私と豊君の子どもは今、三歳の立派な男の子に成長した。

名前は、誰の心にも寄り添える優しい人になってほしいという豊君の希望で、優人《ゆうと》に決めた。彼らしい、優しい理由だと思う。

出産は、夫婦二人の希望で立ち合い出産にした。初産ということで大変ではあったけれど、生まれてからは義両親やおばあ様もすぐに病室に駆けつけて、元気な赤ちゃんの様子を見ると涙を流して喜んでくれた。

みんなに祝福されて生まれてきた我が子が本当に愛おしくて〝一生守っていこう〟とあらためて決意をした日になった。

それは豊君も一緒みたいで。退院をして家族三人での生活をスタートさせてからは、できるだけ仕事を早く終わらせて家に帰ってきて、育児や家事を積極的にやってくれた。テーマパークのオープンが近づくとさすがに出張が増え、帰りが遅くなることがあったけれど、そんな日は必ず信頼できるシッターさんを雇ってくれたり、お義母さんやおばあ様が泊まり込みでお手伝いに来てくれたりした。

初めての育児は大変だけれど、周りの人たちみんなの協力のおかげで、私は産後鬱《うつ》になることもなく、今日までを無事に乗り越えられた。

そしてこの秋。ついに迎えたテーマパークのプレオープン当日。

この日を待ちわびていた私たち家族は、私と豊君と優人、そして義両親におばあ様みんな揃ってテーマパークにやってきていた。

立花さんにも声をかけたのだけれど『本日は、どうぞご家族だけでお過ごしください』と言って、車での送迎のみしてくれることになった。残念だけれど、立花さんらしい心遣いだ。

「とうとう、ここまで来たな」

これから豊君は新しく開園するテーマパークのオーナーとして、マスコミの取材を受ける。そのテーマパーク名は〝スリアンワンダーランド〟。

〝スリアン〟はフランス語で〝笑顔〟という意味らしく、ここに来れば笑顔になれるという意味を込めて、この名にしたと言っていた。

パーク内にはフランス風の洋館や石造りの家が並び、スタッフも皆まるで童話に出てくるような衣装だ。そしてプレオープンにやってきた来場者一人一人に、花を一輪ずつ配っている。

ちなみに配られる花にはいくつかの〝当たり〟が含まれており、次回の入場料が無料になるなど、様々なプレゼントがあるらしい。

加えて、建物には謎解き要素が含まれており、解けた人にはオリジナルグッズをプレゼントしてくれる。また、一日三回あるパレードには、希望をすれば子ども限定で参加ができるという。ドレスやタキシードの貸し出しもある。

ちなみにパーク内の湖中央にあるチャペルでは挙式ができて、すでに予約は一年先まで埋まっているらしい。

そしてプレオープンの今日、挙式をする栄えある一組目が私たちなのである。それを聞いた時は、あまりの驚きについ大声を上げてしまった。

マスコミの取材を終えた彼が控室にやってきて、ウェディングドレスに着替えた私を見る。レースをふんだんに使って裾がふんわりとしたプリンセスラインのドレスは、この日のためのオーダーメイドだ。

「なんて綺麗なんだ！」と大興奮している豊君に、私は苦笑いをしながら口を開く。

「プレオープンおめでとう。でも……こんな公私混同、いいの？」

「もちろん！　だってこの日のためにチャペルを造ったといっても過言じゃないから！」

堂々とそう言われてしまったら、何も言い返せない。私が、純白の手袋にリップがつかない程度に口元に手を添えてくすくすと笑っていると、ドレスの裾を小さな手が掴んだ。

「まま、かあいいね。おひめしゃまみちゃい」

豊君そっくりのキラキラな瞳で私を見上げる愛らしい顔は、私たちの息子、優人だ。優人も青色のタキシードに赤色の蝶ネクタイをして、ここにいる誰よりも可愛らしい。天使のようだって言ったら親馬鹿かもしれないけれど、本気でそう思ってしまう。

「まあ、優人はお喋りが上手ね。もうそんなに話せるの⁉」

ニコニコ笑顔で興奮してそう言ったのは、留袖姿のお義母さんだ。お義母さんの後ろにはモーニング姿のお義父さんも笑顔で立っている。

「さすがだねえ、優人はきっと賢くてたくましい男に育つね」

そして高齢とは思えないしっかりとした足取りで優人のそばにやってきたのは、留袖姿のおばあ様。

今日はこの六人で家族写真を撮った後、私と豊君のフォトウェディングをすることになっている。チャペルで式を挙げると言っても写真を撮る程度で、大がかりなことはしない。

私と豊君は顔を見合わせ、三人のおじいちゃんやおばあちゃん、ひいおばあちゃんに囲まれて満足そうな優人を見て笑い合った。

「豊と未奈美ちゃんの子どもですもの。立派に育つわ」

お義母さんは私たちに見せたことがないくらいのうっとりした顔で、優人の頭を撫でている。あの顔は知っている。私や優人にデレデレの時の、豊君の顔にそっくりだ。

「ちょっと陽子さん。それは私が先に思っていたことだよ」

「あら、おばあ様。優人の可能性は、私が一番先に見いだしてましたわ」

あっ、また軽い言い合いになりそうだ。おばあ様とお義母さんは優人が生まれてからというもの、ことあるごとにどちらが優人のことをよく知っているかという小競り合いをしていて、その都度私や豊君、お義父さんに止められている。

そんな微笑ましくも少し困った二人のやり取りを見上げて、ぽかんとしている優人。なんだかお尻がむずむずと動きはじめている。ハッとして私は、急いで声をかけた。

「あ、あの……。優人はそろそろトイレの時間で……」

「あら大変。ママはドレス姿で動けないから、ばあばと一緒に行きましょうね！」

「何言ってるんだい、ひいばあと行くんだよ。おいで、優人」

そう言いながら、優人の左手をお義母さんが繋ぎ、右手をおばあ様が繋いで三人でトイレに行ってしまった。

残されたお義父さんが深いため息をついて、申し訳なさそうに私を見つめる。

「すまないね、未奈美さん。うちの嫁と母が張りきっちゃって」

「いえ、お二人ともいつも可愛がってくださっているので、本当に感謝してます」

「それは、豊と未奈美さんが二人で一生懸命に優人を育てているからだよ。だから、私たちも協力したいって気持ちになるんだ」

お義父さんのいたわりの言葉を聞き、胸がいっぱいになる。

「私なんて優人と家のこと、そして豊君のことを当たり前にやっているだけです。豊君のほうが、ずっとすごいです。私たちの笑顔を守って、仕事をしてこんなに立派なテーマパークを建設して……。私には絶対に真似できません」

これは本心だ。豊君は優人が生まれる前と同じ仕事量、いやそれ以上にハードワークをしているはずなのに、私たち家族との時間をちゃんと取ってくれる。

本当に最高の旦那さんだし、優人にとっても最高の父親だ。

「そういえば豊、このテーマパークの売上金の一部を養護施設に寄付することを、早々に決めたようだな。本当に大丈夫なのか？」

私の言葉に照れている豊君に、お義父さんが心配そうな顔をしてそう言った。まだ、利益が明確になっていない状態で真っ先に寄付を決めた彼のやり方に、不安を抱いているのだろう。

けれど、豊君の意志は何よりも固かった。

「ああ、そこは問題ない。それにこれは父さんの真似っこみたいなものだから。父さんだって副業のアミューズメントパークの売り上げの一部を寄付しているだろ。俺も同じことをするだけだよ」

「……そうか。嬉しいよ、私の意志を継いでくれているようで」

お義父さんは納得した顔をすると、「外の空気を吸ってくるよ」と言って控室を出ていった。

すると豊君が私のそばに寄ってきて、椅子に座っている私と目線が合うように、膝をついてしゃがんだ。白いタキシードを着たまるで王子様のような佇まいに、もう夫婦になって四年以上が経つというのに心臓がドキドキして、顔が熱くなる。

「そ、そういえばお義父さんとお義母さんは、昔から施設への寄付に熱心だったたって言っていたよね。やっぱり豊君も、その影響で？」

ときめいていることを悟られないように話題を振ると、豊君は「ああ」と言って話しだした。

「優人が未奈美のお腹に宿ってから、さらにそういうことに関心が出てきて熱心になったかな。でもね、小さい頃の俺には、なぜ父さんが自分を児童養護施設の中に入れてくれないのか、それさえもわからなかった」

そう言うと豊君は眉尻を下げていったん、言葉を切った。

「俺は他の子どもよりも裕福だから『自分のお小遣いで、何かしてあげられるのに。俺でも困っている子を笑顔にしてあげられるのに』ってそんなことばかり考えていたんだ。だけど、それは施設にいる子たちにとっては屈辱的なことで……父さんは、そんな俺の浅はかな考えに気づいていたんだな」

誰かを助けたいと思うのは悪いことではない。けれど、やり方を間違えていたら、それは相手を嫌な気分にさせる。

豊君は、はぁっ……と深いため息をつく。本当、責任感が強いせいか、反省しだしたら止まらない。昔の失敗を何度も悔やんでは息を吐く。

そんな時、私はただ背中をポンポンと叩いてあげることしかできない。

「父さんが施設に俺を連れて入らなかったのは……親がいなかったり、虐待されていたりする子たちが、恵まれた環境で暮らしている俺を見て、どんな気持ちになるのかをわかっていたからだ。俺はそこに気づかなかった。でも、今ならみんなを笑顔にする方法がわかる。それに気づかせてくれたのは、未奈美だったんだよ」

「えっ、私？」

突然の告白に困惑していると、豊君が私の両手を持ち、真正面に立った。

「前にも話しただろ。俺が同級生にいじめられて、キミに助けてもらい、金を差し出した時のこと」

「うん、覚えてる」

「あの時の俺は、金を渡してお礼をしよう、きっと喜ぶに違いないって思っていた。渡されたほうの気持ちを、まったく理解できていなかったんだ。しかも、俺が渡そうとしていたのは親が働いて得た金であって、自分で稼いだものではないのにね」

そう言うと豊君は少し眉を下げたけれど、「だから……」と話を続ける。

「今、自分が手にしている金では、キミの笑顔も施設の子どもたちの笑顔も見ることができない。じゃあ、どうしたらみんなを笑顔にできるんだろうって考えた」

いつもは明るくはしゃいでいて、まるで少年のようなのに、昔の話をする時は大切な記憶をたどるように、丁寧にゆっくりと話してくれる。

「あれ以来、俺はあることを意識するようになったんだ。俺がこの家に生まれてきたことには、きっと意味があるんだって。そして、自分もみんなも笑顔でいられる、そんな場所を作りたい、そう思った。それはどんなところだろうと考えた時、施設で遊んでいた未奈美や、小さな子どもたちのことを思い出した。それで、子どもも大人も楽しめるテーマパーク事業を思いついたんだ」

そう語ると豊君はいったん喋るのをやめた。夢について話す彼は、本当にキラキラしている。眩しい笑顔をした豊君は優しく目を細め、言葉を紡ぐ。

「そうして、この〝スリアンワンダーランド〟が完成した。みんなが笑顔になれるテーマパーク。素敵だろ？」

「……ええ、とっても！」

私の存在がこのテーマパークを作るきっかけになっていたなんてびっくりしたけれど、心の底から嬉しさが湧き上がってくるのがわかる。長年の夢が実現して、豊君も晴れ晴れとした顔をしている。

この瞬間、彼の隣にいられることができて、幸福感でいっぱいだ。そんな時、ドアの向こうから小走りで駆けてくる足音が聞こえた。

この足音は知っている。優人だ。

「ままー」

「おかえり、優人。トイレは上手にできた？」

お義母さんにドアを開けてもらった優人は、そのまま私に飛びついてくる。

「うん！　ばあばとひいばあが、てつあってくれた！」

「優人、とっても上手にできたわよ！　普段から頑張っているのね、未奈美さん」

お義母さんに褒められて私も優人も嬉しくなってくる。

「優人、褒められちゃったね」

「やったー！」

そうして二人でハイタッチをすると、後からゆっくりやってきたおばあ様が満足げな顔をしていた。

「未奈美さんは茶道でもとても頑張っていて、今じゃ生徒さんに教えられるくらいに上達したからね。優人が頑張り屋なのは、母親譲りだろう」

「ありがとうございます。よかったね、優人。ママも褒められちゃった」

またハイタッチをしようとしたら優人はくるりと向きを変え、豊君のほうへと歩いていってしまった。あれ？と思って見ていると、豊君もきょとんとした感じで、優人を見ている。すると優人が真っ直ぐに豊君を見て、口を開いた。

「ぱぱも!」

そう言うと豊君に向けて、ハイタッチをしようと小さい手をいっぱいに広げた。

「えっ? パパも?」

「うん、だって、ぱぱもいっぱいがんばったから、さっきいっぱいほめられてた! だから、すごいんだお!」

「優人……」

頬を真っ赤にして、ヒーローを見るみたいな目でパパである豊君をじっと見つめる優人。

いっぱい褒められていたというのは、きっとマスコミの取材のことだろう。父親が仕事をする姿を見て、優人なりに誇れるものがあったのかもしれない。

たしかに取材に答えている時の彼は、凛々《りり》しくてとてもかっこよかった。今は最愛の息子に褒められて、デレデレの情けない顔になっているけれど。

私は素直に自分の気持ちを伝えられる息子を誇りに思い、優人の頭と頬を撫でた。

「優人、あなたのパパはね、思いやりがたくさんあって、素晴らしい人なの。ちょっと変なところはあるけれど……。でも、本当に素敵な人。あなたもパパのような男性になってたくさんの人を幸せにしてね」

「未奈美……」

「ぱぱ、だいしゅき！」

私に褒められ、優人に抱きつかれ、顔をくしゃくしゃにして喜ぶ豊君を見てみんなで笑っていると、スタッフから「撮影の準備ができましたので、こちらにどうぞ」と声がかかる。

「さあ、写真を撮りにいこう。思い出に残る、最高のものにしような」

最愛の旦那様である豊君に手を取ってもらい、ドレスの裾を踏まないように立ち上がる。反対の手は、自分の命よりも大切な息子、優人がきゅっと可愛い力で握ってくれている。

そして本当の家族になったお義父さん、お義母さんとおばあ様に見守られ、私は家族写真の撮影と、フォトウェディングをするべく歩きだした。

チャペルは美しいの一言では表せないくらい、素晴らしいところだった。今日は秋晴れで、チャペルを囲む湖がキラキラと輝いている。ステンドグラスの色が湖面に落ちることで、まるで湖に色がついたみたいになっていて本当に美しい。

チャペルに向かうまでは専用の船に乗るのだけど、そこでもたくさんの写真を撮ってもらった。初めての船に優人はとてもはしゃいでいて、満点の笑顔の写真が撮れた。

そして、チャペルの前での家族写真。

かつての私にとって〝幸せな結婚〟や〝温かい家族〟は無縁のものだった。そんな私が今、ウェディングドレスを着て家族と写真を撮っている。

そう思うと私は嬉しさのあまりおおいに泣いて、涙でくしゃくしゃの顔になってしまった。

フォトウェディングは、小さな優人がいるということもあって三十分以内で終了させた。あっという間だけれど、本当に楽しくて濃い時間だった。こんなに笑顔いっぱいの写真をこれからも撮る機会があるのかと思うと、今から楽しみでたまらない。

「豊君、ありがとう」

「んっ？　いきなりどうしたの？」

帰りの船の中で豊君にお礼を言うと、不思議そうな顔をされた。

「なんだか言いたくなっちゃって。本当にたくさんありがとう」

「未奈美に喜んでもらえたのならよかったよ。次の家族写真は、優人の七五三だな」

「ふふっ、そうね」

（七五三かあ。これはまたお義母さんとおばあ様が優人の取り合いをして、騒がしいことになりそうだな）

そんなことさえも今から楽しみだ。そう呑気に考えながら、船の中ではしゃぐ優人を見つめていた。

撮影が終わって私服に着替えると、すでに外は暗くなりはじめていた。

今日はプレオープンということで、まだまだイベントがあるらしい。パレードが終わった後は、花火も上がるという。

パレードも花火も、どちらも楽しみにしていた優人。けれどテーマパーク内を散策している途中で疲れたようで、おばあ様の抱っこでぐっすりと眠ってしまった。

「優人、眠っちゃいましたね」

おばあ様の着物に優人のよだれがつかないようにと、肩にハンカチを添える。すると、さっとお義母さんの手が差し出された。

「おばあ様、そろそろ腕がお疲れになったでしょう。私が抱っこを代わりますよ」

「私はまだまだ大丈夫ですよ。陽子さんも、さっきまで優人を抱っこしていて疲れただろう。家に帰るまでは私が抱っこをしますよ」

「いえ、私が……」

お義母さんとおばあ様がそう言い合っていると、後ろのほうから小さな声が聞こえた。

「……じいじは今日、一度も抱っこをしてないんだけどな……」

ボソッと呟いたお義父さんの言葉に一同がシンと静まり、そして一斉に笑いが起こった。

「あら、あなたったら優人を抱っこしたかったの？　それならそうと言ってくれればいいのに」

「そうだよ。お前は優人のおじいちゃんなんだから。ほら、抱っこしてあげなさい」

お義母さんとおばあ様が笑いながら、優人をお義父さんに渡す。すると、嬉々とした表情をしたお義父さんが、ぎこちないながらも優人を大切に抱っこしてくれた。

「ハハッ。優人はみんなに可愛がられているな」

その様子を見て、豊君も楽しそうに笑っている。私もずっと胸の中が温かい。

「そうだね、幸せな環境だよ。優人が私みたいな思いをしなくて、本当によかった」

どうしても自分の育ってきた環境と優人の環境を比べてしまう。もちろん、豊君もご両親も、私の両親みたいなおぞましい人間ではない。

やっぱり生まれてきたからには、たくさん幸せを感じて育ってほしい。

だから恵まれた環境にいる優人を見ると、本当によかったと思うのだ。

「今は？」

「えっ」

「今、未奈美は幸せ？」

豊君が不安な目で私を見ていた。その顔にびっくりだ。私が少しでも不幸せだと感じることがあると思っているのだろうか。

この感情は、言葉だけではなく行動でも示さなければ。そう思った私は彼の腕にそっと自分の腕を絡ませ、頬を寄せた。

「もちろん、最高に幸せだよ。大切な家族に囲まれて、大事にしてもらって……。生まれ変わっても、豊君と一緒にいたいって思ってるくらい」

眉尻を下げていた豊君が、少しだけホッとした表情になる。

「そうか……。そう言ってもらえてよかった」

「全部、豊君のおかげだよ。私が笑顔で過ごせるのも、優人をのびのびと育てられるのも、あなたがみんなを笑顔にしてくれるから。子どもが笑顔だと、周りの人たちも笑顔になれる。あなたはとても素敵なお仕事をして、夢を叶えた。そんな豊君と一緒にいられて、本当に恵まれていると思うの。ここまで連れてきてくれてありがとう」

豊君に伝わるように、しっかりと目を見て言葉を並べた。ただ、どれだけ幸せなのかを言葉で表すのは、とても難しい。

みんな豊君のおかげ……。最高の人生をありがとうと、彼に伝えたい。

私のそんな思いはちゃんと伝わったようで、豊君からは不安な表情がなくなり、いつものように優しい笑みを浮かべてくれた。

「それはこちらのセリフだよ。未奈美がいなければ、俺はこんな人間になれなかった。俺と出会って、結婚して、生涯をともにすると言ってくれてありがとう」

私は何度も頷き、そして目を細め最高の笑顔を彼に向ける。すると、豊君の顔が至近距離にまで落ちてきた。

「これからもずっと一緒だ。最後のその時まで一緒にいよう」

「はい……」

一度だけそっと唇が重なる。

永遠の誓いのキスを交わした私たちは未来永劫《えいごう》、この約束を忘れないと誓った。

END

あとがき

初めまして、またはお久しぶりです。秋花《あきはな》いずみと申します。このたびは拙作を選んでここまで読んでくださり、本当にありがとうございます。

久しぶりのマーマレード文庫様でのお話、いかがだったでしょうか。今作は愛が重いヒーローとどん底ヒロインというテーマのお話でした。優しくてヒーローみたいに助けてくれる、だけどどこかちょっと変な豊は、書いていてとても楽しかったです。

そして豊に救われながらも強くなっていく未奈美も、愛すべきヒロインとなりました。

執筆していて大好きになっていった二人が、皆様にも愛してもらえたら嬉しいです。

最後にマーマレード文庫編集部様、担当様、編集様、私の希望にたくさん応えてくださり美麗な表紙を描いてくださった小島《おじま》ちな様、この作品に携わってくださった全ての皆様、本当にありがとうございました。

またお会いできるよう、頑張ります。ありがとうございました。

秋花いずみ

マーマレード文庫

愛が重すぎる幼なじみ御曹司は、虐げられていた契約妻を十年越しの執着で離さない

2024年7月15日　第1刷発行　定価はカバーに表示してあります

著者　秋花いずみ　©IZUMI AKIHANA 2024
発行人　鈴木幸辰
発行所　株式会社ハーパーコリンズ・ジャパン
東京都千代田区大手町1-5-1
電話　04-2951-2000（注文）
0570-008091（読者サービス係）
印刷・製本　中央精版印刷株式会社

Printed in Japan ©K.K. HarperCollins Japan 2024
ISBN-978-4-596-96122-8

m a r m a l a d e b u n k o